A sala de aula
[e outros contos]

Marília Lovatel

A sala de aula
[e outros contos]

Ilustrações
Ana Maria Moura

editora scipione

*À minha mãe, Maria Ribeiro
Lovatel, primeira e maior
incentivadora das historinhas
que resultaram neste livro, com
todo o meu amor e admiração.*

Gerente editorial
Fabricio Waltrick

Editora
Lavínia Fávero

Editora assistente
Malu Rangel

Assistente de arte
Thatiana Kalaes

Coordenadora de revisão
Ivany Picasso Batista

Revisora
Cátia de Almeida

Projeto gráfico
Thatiana Kalaes

Coordenadora de arte
Soraia Scarpa

Editoração eletrônica
Carla Almeida Freire

Tratamento de imagem
Cesar Wolf
Fernanda Crevin

Ao comprar um livro, você remunera e reconhece o trabalho do autor e de muitos outros profissionais envolvidos na produção e comercialização das obras: editores, revisores, diagramadores, ilustradores, gráficos, divulgadores, distribuidores, livreiros, entre outros.
Ajude-nos a combater a cópia ilegal! Ela gera desemprego, prejudica a difusão da cultura e encarece os livros que você compra.

EDITORA AFILIADA

editora scipione

Avenida das Nações Unidas, 7221
CEP 05425-902 – São Paulo – SP
ATENDIMENTO AO CLIENTE
Tel.: 4003-3061
www.coletivoleitor.com.br
e-mail: atendimento@aticascipione.com.br

CIP-BRASIL. CATALOGAÇÃO NA FONTE
SINDICATO NACIONAL DOS EDITORES DE LIVROS, RJ

L946s

A sala de aula [e outros contos] / Marília Lovatel; ilustrações Ana Maria Moura – São Paulo: Scipione, 2012.
104p.: il.

ISBN 978-85-262-9036-5

1. Conto brasileiro. I. Moura, Ana Maria. II. Título.

12-3219
CDD: 869.93
CDU: 821.134.3(81)-3

2020
ISBN 978-85-262-9036-5 – AL
CAE: 269655 – AL
CL: 737798
1.ª EDIÇÃO
6.ª impressão
Impressão e acabamento
Bercrom Gráfica e Editora

Sumário

- 08 *Apresentação: Um sonho antigo*
- 11 O chapéu
- 17 A cura
- 23 A jardineira
- 31 A sala de aula
- 43 Pintura em porcelana
- 49 Azulzinho
- 55 A lenda da dormência
- 61 O vendedor de sonhos
- 73 A história do Viraverde
- 81 O quarto dos arreios
- 91 Céu e terra

Um sonho antigo

Publicar este livro é a realização de um antigo desejo que começou com a narrativa "O vendedor de sonhos", a primeira história que depositei no papel, ainda adolescente.

Mais tarde, nos intervalos entre as aulas dos semestres iniciais do curso de Letras, vieram "A sala de aula", "Azulzinho", "A história do Viraverde", "A lenda da dormência", "O quarto dos arreios", "Céu e terra", e, depois, "Pintura em porcelana", "A jardineira", "O chapéu" e "A cura".

Então, como que para estimular esta minha aspiração contida, uma maravilhosa oportunidade se apresentou em 1992: soube que Rachel de Queiroz, uma das mais importantes escritoras brasileiras, passava férias na casa de uma tia minha, por afinidade. Criei coragem e ousei mostrar alguns desses meus ensaios de escrita para Rachel.

Que grande foi minha surpresa ao receber, alguns dias mais tarde, não apenas meus originais, mas suas palavras de generoso incentivo! Generosos foram também José Lemos Monteiro, meu professor na época, e Artur Eduardo Benevides, que se prontificou a apresentar meu livro, na ocasião de seu lançamento em 1994, quando ele então se chamava *O vendedor de sonhos*. Uma tiragem modesta, impressa artesanalmente, sem um projeto gráfico propriamente dito, que se esgotou rápido. Foi o embrião do sonho de me tornar escritora, sonho que ficaria na gaveta durante os vinte anos seguintes, todos dedicados à Educação – especialmente ao ensino de produção textual. Em minhas aulas eu ensinava um pouco e aprendia muito. Motivava meus alunos a

desvendarem o fascinante mundo das palavras, tanto pela leitura quanto pela escrita.

Quis o destino que outro escritor aparecesse em minha vida: Well Morais. Assim como os outros, ele veio me instigando a soprar o mofo acumulado por anos de severa autocrítica e me desafiou a soltar meus escritos no mundo.

Animada por palavras amigas, deixei-me tomar pelo impulso de libertar minhas histórias. Hoje as vejo como livros-pássaros, saltando de minhas gavetas-gaiolas, finalmente abertas. Agora, o que mais desejo é que voem ao sabor dos ventos da minha terra.

Marília Lovatel

O chapéu

A casa de meus tios-avós era conhecida na família como a casa da Dom Manuel. Uma fachada estreita se apresentava com seu modesto jardim para a avenida que emprestava seu nome à residência.

As décadas que se sucederam transformaram o *boulevard* de árvores frondosas em chão asfaltado para um trânsito barulhento. As fachadas em estilo *belle époque* ganharam grades e pichações. As janelas-quase-portas foram seladas a tijolo e cimento. Mudaram os modelos dos carros que iam e vinham em frente ao endereço. A casa de meus tios, porém, continuava exatamente como fora construída.

Passando pelo portãozinho de ferro do jardim, a porta principal se abria para um corredor que ligava os quartos à sala. A sala, por sua vez, ficava ao lado da cozinha e, nos fundos, se erguia, no meio do quintal, um grande pé de seriguela.

Três tias e dois tios moraram aqui. Uma era viúva, e os outros quatro, solteiros. Cinco vidas, muitas histórias. A toda hora a porta se abria. A frase mais repetida era "tem gente lá fora!". Os tios gostavam de receber. Serviam lanches e ocupavam o seu tempo conversando demoradamente com quem chegasse.

Tantas vezes os visitei, em minha infância, que hoje, dentro da casa vazia, ainda posso ouvir as conversas ao redor da mesa, o som dos talheres na louça, o ranger da cadeira de balanço.

Não restara quase nenhum móvel. A placa no jardim anunciava que o imóvel estava à venda, e todos os objetos haviam sido retirados. Exceto um chapéu que, pendurado num cabideiro, aguardava em vão a hora de ganhar as ruas e ver a cidade outra vez.

Impossível resistir à tentação de tê-lo em minhas mãos. Limpei a poeira, coloquei-o por alguns minutos na luz do sol e, em seguida, saí pela calçada com o chapéu na cabeça.

A sala de aula [e outros contos] 13

Um automóvel antigo dobrou a esquina. E foi seguido por outros modelos dos anos 1920. "Que coincidência presenciar naquele momento um desfile de carros antigos", pensei.

Tão distraído estava que esbarrei em uma jovem, derrubando sua sombrinha de renda. Devolvi-lhe, desculpei-me e só então reparei no seu vestido. Certamente ela fazia parte do desfile.

Aliás, tratava-se de um grande evento, a julgar pelo número de figurantes com seus trajes de época que entravam e saíam das lojas e conversavam em frente às casas de muretas baixas, sob os jasmineiros.

Um senhor me cumprimentou e olhou com estranhamento para as minhas roupas. Depois falou:

– Belo chapéu!

E entrou na antiga padaria. Observei pela porta que até mesmo aquele estabelecimento tinha sido ambientado para que sua decoração correspondesse aos tempos de sua inauguração.

Somente quando vi um garoto pagar, na banca vizinha, cinco mil-réis por uma revista, percebi que algo muito estranho estava acontecendo. Eu poderia estar sofrendo um surto psicótico ou sendo vítima de um golpe publicitário.

Qualquer que fosse a explicação, não me senti à vontade para andar nem mais um quarteirão e voltei, o mais rápido que pude, para a casa da Dom Manuel.

Diante da porta, meti a mão no bolso à procura da chave, mas não a encontrei. Provavelmente eu a perdera no esbarrão com a jovem da sombrinha rendada. Irritado por não conseguir entrar e sem ter como fugir daquela situação surreal em que me encontrava, dei um murro na porta.

– Tem gente lá fora!

Estremeci ao ouvir a voz dentro da casa. Meu coração batia acelerado, acompanhando o som dos passos no corredor.

O ruído da fechadura antecipava a visão que eu teria dali a alguns segundos. Qual seria a minha reação ao reencontrar os tios-avós há muitos anos falecidos?

Quando a porta se abriu, o agente imobiliário me perguntou o que eu desejava. Ele mostrava a casa para duas pessoas interessadas na compra.

Sem saber o que responder, disse-lhe apenas que viera devolver o chapéu, e o retirei rapidamente da cabeça.

O agente pegou o chapéu e o colocou de volta no cabideiro. Perguntou se podia ser útil em algo mais e eu lhe respondi que "não, obrigado".

A porta se fechou outra vez diante de mim. Encostei o portão do jardim e virei para a avenida. Do passado restava apenas a sombra dos velhos oitizeiros a se debruçar sobre o movimento, o barulho e a fumaça. E eu segui o meu caminho com o coração dividido entre o alívio e a nostalgia.

A cura

O jovem médico, recém-formado, fora designado para uma cidadezinha esquecida no sertão. Já no desembarque do ônibus, descendo no meio do nada, pressentiu a dureza daqueles primeiros anos. Carregou a mala, revezando de braço, para aguentar o peso de uma vida que ele começava. Caminhou até os pés esquentarem dentro dos sapatos brancos.

Finalmente chegou ao lugar cuja indicação trazia anotada num pedaço de papel. Parou, pôs a mala no chão, conferiu o endereço numa réstia de luz que descia do poste e, não encontrando a campainha, bateu palmas.

– O Posto de Saúde não está pronto, mas o povo é muito hospitaleiro – disseram-lhe quando partira da capital. Era chegada a hora de confirmar.

A dona da casa abriu a porta e deu as boas-vindas ao doutorzinho. Mostrou-lhe o quarto, o caminho do banheiro, disse-lhe os horários das refeições. Ele, exausto, só pensava em dormir.

No meio da noite, acordou num susto, quase caindo da cama. O cansaço era tanto, e a escuridão, tamanha, que ele nem percebera a inclinação do colchão que acompanhava o chão desnivelado. Tentou se ajeitar noutra posição e apagou. Mas, muito cedo, despertou com o canto de um galo, adiantando o alvorecer.

No corredor, encontrou com a dona da casa tão disposta como se estivesse acordada há várias horas. Atarefada com os preparativos do café da manhã, ela ia e vinha da cozinha.

– Bom dia, doutor! O banheiro está livre, e o café, quase pronto. Não faça cerimônia.

Na casinha, no fundo do quintal, não havia água corrente. O chuveiro improvisado com um regador, o vaso sanitário sobre um buraco no chão.

Na cozinha, ele se surpreendeu com o café. Quente, forte, acompanhado de queijo coalho, tapioca e cuscuz. Um banquete para alguém acostumado

a perder a hora, depois de dormir em cima dos livros, e sair atrasado, engolindo qualquer coisa a caminho da faculdade.

– O senhor pode atender na enfermaria da escola – disse o rapaz da prefeitura.

O médico depositou a maleta sobre a mesa e iniciou os atendimentos.

– É uma dor aqui que não passa, doutor. A mão inchou assim, desde que caí e os ossos não voltaram pro lugar – explicou a paciente.

Após um breve exame, o médico receitou um anti-inflamatório e recomendou um raio X. A senhora, ao receber a receita, continuava ali parada diante dele, com uma carinha de gente simples e um sorriso ingênuo.

– Posso ajudá-la em mais alguma coisa?

– A cura tá aqui, nesse papel, doutor? Eu não sei ler, não, senhor.

O rapaz leu para ela o nome do remédio. Não fez diferença. Ela não entendia do que se tratava.

– A senhora mostra a receita na farmácia que eles saberão.

Não havia farmácia. Ela agradeceu a atenção e se despediu abençoando o médico. Não demorou muito para o médico perceber a total falta de recursos da cidade, que também incluía a área de saúde.

Os primeiros dias haviam sido muito frustrantes, até que uma conversa com a dona da casa onde se hospedava lhe abriu os horizontes.

– Esse povo daqui não tá acostumado com remédio comprado, não, doutor. A gente mesmo se trata com chá, unguento, essas coisas. A modernidade nunca chegou, e a gente foi aprendendo a se virar com o que tinha.

– Então por que fazem fila para as consultas? Tenho terminado tarde os atendimentos, todos os dias.

Dona Enedina riu.

– Eles vão lá pra ver o senhor, doutor.

O médico não entendia as reverências que lhe prestavam nem os presentes que recebia: doces, ovos, um porco e até um punhal. Apesar de se sentir grato, aquela situação o incomodava.

Pensou num jeito de se fazer mais próximo, mais parecido com aquelas

A sala de aula [e outros contos] 21

pessoas. Não queria continuar como uma espécie de atração de circo. Afinal, já morava há três meses na cidade.

Aposentou os sapatos brancos, as roupas alvas e a maleta de médico. Continuava a atender, para justificar o salário que recebia, mas aprendera a fazê-lo em qualquer lugar, recomendando os tratamentos que o próprio povo lhe ensinara.

Construiu sua casa, no terreno que comprara ao lado da casa de Dona Enedina, a quem se afeiçoara.

– Estou me mudando, mas é pra aqui do lado! Não chora, Dona Enedina...

Ele conheceu uma jovem, casou, teve dois filhos. A vida passava sem pressa. Algum tempo depois, quando já alcançara seus 40 anos, e quando nem se lembrava mais da vida na cidade grande, foi chamado à capital para resolver um problema urgente.

Desembarcou na rodoviária, sentiu uma tontura no meio da multidão. Pegou um táxi. Poeira, buzinas, xingamentos, correria, barulho...

Quando o dia terminou, aliviado, ele subiu no ônibus em direção à sua cidadezinha. Estava saudoso. Pensou na vida tranquila que levava ao lado da sua gente. Concluiu que não se acostumaria mais com o ritmo da metrópole. Ele estava curado.

A jardineira

Delicadezas sem endereço, gentilezas espontâneas que Ernesto presenciava aqui e ali, conservavam sua fé na humanidade. "Cuidar de um jardim exige esforço físico, disposição, compromisso", dissera-lhe um amigo. E, mesmo aos 70 anos, ele resolvera se tornar jardineiro. Fora inspirado pela história que ouvira sobre o avô imigrante, que plantava macieiras ao longo da estrada para que os viajantes pudessem comer as frutas maduras. Queria fazer algo para embelezar o mundo. Criar uma visão para presentear os vizinhos quando eles olhassem pelas janelas ou os transeuntes que ousassem tirar os olhos do chão.

Ao contrário do avô, ele não contava com os hectares nem com as condições climáticas de uma fazenda no Rio Grande do Sul. Morava num apartamento com a esposa, também aposentada, no meio do caos urbano de uma grande capital.

Laura achava graça das invenções do marido e dizia para as filhas, quando recebia a visita delas:

– Deixa, o pai de vocês precisa ocupar a mente. O corpo responderá melhor do que se ele ficar parado.

Decidido, chegou um dia em casa com sacas de estrume, areia e mudas.

– Para onde vai tudo isso? – perguntou a esposa, admirada.

– Para onde mais poderia ir? Vai para a jardineira!

O retângulo revestido de piche abrigava alguns jarros.

– Vamos começar tirando isso aqui. Não quero mais saber de jarros. Minhas plantas vão espalhar suas raízes na areia o quanto desejarem.

– Pelo menos até encontrarem o fundo de cimento da jardineira... – completou Laura, sem desviar o olhar da leitura de um livro.

O segundo passo foi encher o espaço com areia e adubo. Ele ia despejando um pouquinho de um, um pouquinho do outro, e misturando tudo com a pá.

– Tá seguindo alguma receita? Mais parece que você prepara um bolo...

– Pois é, Laurinha, e agora é que vem o ingrediente principal: húmus de minhoca! – disse, mostrando para a esposa uma sacola cheia de minhocas se revolvendo na terra.

– Você vai mesmo colocar isso aí? – duvidou Laura, num misto de preocupação e nojo.

– Elas não são simples minhocas! O vendedor me garantiu que esses bichinhos aqui são de uma espécie raríssima, trazida da França, diretamente de Giverny, dos jardins de Monet, o pintor impressionista – enquanto falava com a esposa, revolvia a terra da jardineira. – Prontinho! Agora vamos cavar os buracos na medida para cada muda. Assim. Viu que beleza está ficando?

– Vi! O chão da minha sala é que está uma beleza! Só quero saber quem vai limpar tudo quando você terminar.

– Laurinha, Laurinha... Não há como realizar uma obra de arte sem um pouco de desordem! – respondeu, mantendo o bom humor.

Após acomodar com carinho cada muda na jardineira, Ernesto finalizou o ritual, aguando-as generosamente.

Nas semanas que seguiram, ele passou horas acompanhando o desenvolvimento daquilo que havia plantado. As mudas cresceram viçosas, mas sem flores. Ele não esmorecia. Regava, adubava, conversava com elas, até.

Um dia, perdeu a paciência. Teria feito alguma coisa de errado? Sentiu raiva por tanto esforço não correspondido. Pensou em arrancar todas as mudas, mas conseguiu se controlar e deixou o jardim pra lá por algum tempo.

Silenciosamente, as minhocas faziam o seu trabalho debaixo da terra. Dois meses mais tarde, a jardineira explodiu em flor. Virou o orgulho do lar. As visitas insistiam em sentar perto dela e tiravam muitas fotos. Vizinhos perguntavam o segredo. Levavam galhinhos para reproduzir, mas ninguém conseguia repetir o feito. As jardineiras dos outros apartamentos não chegavam nem perto da beleza e da exuberância daquela que passou a ser o sonho de todos os paisagistas e decoradores da cidade.

– Um jardim assim tem muito valor! – um deles comentou. – Gostaria de vendê-lo?

– Como assim? E como você o levaria?

– Podemos arrancar a jardineira e tirar o jardim inteiro. Em seguida, construímos outra no mesmo lugar, é claro.

O dono da jardineira rejeitou propostas aparentemente irrecusáveis. Ofereceram-lhe até um novo apartamento em troca do seu jardim.

– Não adianta, Laurinha. Não vendo!

Até que alguém descobriu a história das minhocas importadas. Enquanto o casal dormia, arrombaram a porta da frente e foram direto para a jardineira. Quando o dia amanheceu, foi um choque! As plantas arrancadas espalhadas pelo chão, a terra revolvida, não sobrara nenhuma minhoca.

Na delegacia, o boletim de ocorrência. O atendente perguntou:

– Nome completo. Endereço do sinistro. Hora do ocorrido. Bens furtados. O quê? Não entendi. O senhor disse que os objetos da queixa são... minhocas?

O jardineiro até entendia o absurdo da situação e concluiu que perdia o seu tempo e o do atendente. Desistiu do boletim e voltou para casa. Encontrou Laurinha chorando, debruçada na jardineira vazia.

– Alguma pista de quem foi?

– Nenhuma.

– Será que quem lhe vendeu as minhocas poderia arranjar outras?

– Foi a primeira coisa que pensei ao sair da delegacia. Fui até a loja, mas estava fechada. Só havia uma placa dizendo "Mudou-se".

– Para onde?

– Pois é, Laurinha! A placa não dizia...

– Querido, acabo de ter uma ideia... As minhocas não vieram da França? Vamos até lá buscá-las! Vamos aos jardins de Monet!

Entusiasmados e esperançosos, compraram as passagens. Desembarcaram em Paris e, ansiosos, alugaram um carro com motorista, seguindo imediatamente para Giverny. Ernesto amou os jardins, e Laurinha se apaixonou pela casa do pintor. Mas nem todo o deslumbramento podia desviá-los de seu objetivo: encontrar as minhocas raras.

Os dois arranhavam o idioma francês. Com alguma dificuldade, conseguiram contar sua história a um dos jardineiros, o desejo de refazer a jardineira. Para isso, precisavam das minhocas.

– E como pretendem transportá-las ao Brasil? – indagou o francês, taxativo.

Eles não haviam pensado naquele detalhe. Qualquer aeroporto do mundo impediria o transporte. O jardineiro abreviou-lhes o sofrimento dizendo que, de qualquer maneira, não havia ali o que procuravam. E garantiu que minhoca nenhuma seria responsável por tal feito.

Frustrados, resolveram aproveitar a viagem: passearam por 45 dias, sem pressa de voltar pra casa. Por fim, quando abriram a porta do apartamento, depositaram as malas no chão da sala e olharam para a jardineira, tomaram um susto. Ela transbordava de flores, mais linda do que antes. As raízes que haviam restado no fundo da jardineira geraram novas plantas, que germinaram e cresceram na ausência dos donos.

– Não eram mesmo as minhocas, mas as raízes fortes, bem plantadas e bem amadas que fizeram novas plantas florescerem! E você, Laurinha, que ainda as regou com suas lágrimas sinceras!

O casal comemorou, como se comemoram as maiores e mais queridas conquistas. Nos dias que se seguiram, reforçaram a segurança do apartamento e continuaram a cuidar da mais bela jardineira que já existiu.

A sala de aula

A música clássica saiu da sala da Coordenação e percorreu todo o colégio, invadindo sem timidez os corredores, o pátio, a cantina e todas as salas de aula. Num instante, o que estava calmo passou a fervilhar de uniformes, mochilas e tênis que iam e vinham em todas as direções.

Segundo ano do Ensino Médio. Pela segunda vez eu seguia para a mesma sala. E conforme eu ia me aproximando da porta, um frio subia pela espinha e se instalava no meu estômago. Um frio que doía.

Repetente. Com certeza o único numa turma de um pessoal mais novo e estudioso. Iriam me olhar com espanto e desprezo. Era pior que a morte!

Engoli meus pensamentos, passei rápido entre as filas de carteiras e escolhi um lugar lá no final. Desta vez não enfrentaria o empurra-empurra da disputa pelos primeiros lugares.

Um aluno se sentou na primeira carteira da minha fileira e pôs a mochila na cadeira ao seu lado.

— Ei, não pode guardar lugar!

— Essa é do Beição!

— Não tô vendo nenhum Beição sentado aqui! Pega essa mochila e...

O professor entrou na sala e a turma se aquietou. Era o professor Aderbal. Meu carrasco. O maior responsável pelo meu calvário. Brincar na aula de Matemática era sentença certa de reprovação!

Após uma rápida chamada, ele encheu a lousa de números e equações.

— Exercício para testar o nível de vocês. Recebo em trinta minutos. — Sentou-se ao birô e começou a rabiscar qualquer coisa na caderneta.

— Bom dia, turma! Licença, professor? — o coordenador apareceu na porta da sala para dar alguns avisos. O professor não moveu um músculo, continuando a rabiscar sua caderneta. — Preciso de duas fotos três por quatro dos seguintes alunos: Rafaela Mendes, Carlos Henrique Feitosa e Flodoaldo de Castro.

— Flodoaldo, Flodoaldo! — a turma interrompeu aos risos, calando-se, em seguida, sob o olhar cortante do professor Aderbal.

O coordenador continuou:

— Os alunos que não receberam seus carnês de pagamento queiram se dirigir à tesouraria ainda hoje. Obrigado, turma!

Quando o coordenador fechou a porta atrás de si, olhei para a lousa para tentar decifrar aquele código secreto, cheio de sinais desconhecidos. A sala era bastante ampla. Dois ventiladores barulhentos davam a impressão de que se soltariam do teto a qualquer momento. Imaginei a cena. As hélices presas pelo eixo, voando, alunos se escondendo debaixo das carteiras. Despertei do pensamento e voltei a reparar no ambiente. Havia duas portas, uma em cada lateral.

E foi justamente pela porta da direita que o coordenador entrou novamente na sala, olhos fixos no papel que trazia nas mãos:

— Bom dia, turma! Licença, professor, preciso de duas fotos três por quatro dos seguintes alunos: Lúcia Maria e Rodrigo Sena. Os alunos que não receberam seus carnês de pagamento queiram se...

Somente quando a turma desatou a dar gargalhadas foi que o coordenador olhou para o professor e perguntou:

— Professor Aderbal, você está dando aula aqui também? — Então se deu conta do engano, inventou uma desculpa qualquer e saiu, desajeitado.

Terminado o prazo de trinta minutos, o professor se levantou, passou rapidamente entre as carteiras e recolheu os exercícios. No meio da pilha que ele levava, a folha em branco com o meu nome.

A sineta encerrou a primeira aula. Boa parte da turma se amontoou na porta e no corredor. Os alunos foram encaminhados de volta à sala pela professora da segunda aula. Ela escreveu seu nome na lousa: Margarida. E a matéria: Geografia.

— Bom dia, Segundo Ano! Antes de começar, cedi três minutos — TRÊS MINUTOS, hein, Daniel? — ao representante do ano passado. Atenção! Vamos ouvir o Daniel!

– E aí, galera? Anotem a programação de eventos do semestre: dia 25 de fevereiro vai ter eleição dos novos representantes de turma. No dia 30 de março, vai ser o início das Olimpíadas Científicas. E, no dia 15 de abril, começa a Semana Cultural. Dia 15 de maio, começam as Olimpíadas Esportivas, é bom começar a treinar, hein, pernas de pau? Aí, no dia 20 de junho, tem a Festa Junina. E, a partir do dia 1º de julho, a gente está de férias!

Aquela última palavra soou como um sonho distante e desejado para mim. Contaria as horas para entrar de férias e esquecer aquela história toda de colégio. E então... Viajar para o intercâmbio no Canadá. Ir para bem longe, para onde ninguém me conhecia.

Quando a aula terminou, pausa para o recreio, que eu passaria fingindo ler um livro para não ser incomodado. Duas aulas se seguiriam até que finalmente eu estivesse a caminho de casa.

Não tive ânimo para abrir os cadernos e fazer as tarefas de casa. Passei a tarde em frente à televisão, devorando tudo o que encontrei na geladeira. Olhos atentos me vigiavam.

– Ó, menino! Vai passar o dia inteiro na frente da televisão? Vá estudar! Ó, vou puxar da tomada que eu tenho que varrer aqui.

Só me faltava essa. O telefone estava tocando? Minha salvação!

– Alô?

– A Claudinha está?

– Não, não está! Foi pra Cingapura!

Era a terceira ligação para a minha irmã! Mas não tem problema. Se não me ligam, ligo eu.

– Alô?

– O Jorge está?

– Não, ele foi estudar na casa do Fernando.

– Ah, bom... certo, obrigado...

Será possível? Apesar das minhas tentativas frustradas de ocupar o tempo, ele acabou passando, de qualquer jeito.

– Betooo! Vem jantar, filho.

No dia seguinte, tive vontade de atirar o despertador contra a parede. Sentei na cama com muito sono. Não tinha saída, era hora de levantar. Fui ao banheiro sonambulando, voltei para o quarto, enfiei os livros dentro da mochila, vesti o uniforme e calcei os tênis.

– Olha a hora, hein, filho?

– Bom dia, mãe – balbuciei, pegando o sanduíche que seria o meu café da manhã a caminho da escola.

E, depois de tudo isso, lá estava eu novamente, na mesma sala de aula. A nova professora, Ana, passou com sua juventude entre as carteiras e distribuiu as folhas para a produção textual. Depois ela subiu o batente e sentou atrás da trincheira de cerejeira. Estava iniciada a primeira batalha do dia. Ela lá, atrás do birô. Nós aqui, do outro lado. Ela, senhora das letras, general com muitas estrelas. Nós, soldados rasos, cara a cara com a arma branca, retangular e pautada. Frente a frente com os inimigos, os espaços vazios da folha de papel. O que poderia ser mais difícil do que preencher aquelas linhas?

A folha arrogante parecia rir da minha incapacidade de ocupar-lhe os vazios. Tão certa, tão reta, milimetricamente medida, o sangue azul correndo-lhe nas linhas.

Avaliei as possibilidades. Eu poderia transformá-la numa obra de arte ou em mais um texto sem importância, de total insignificância. Posso amassá-la e, com uma das mãos, treinar basquete no cesto de lixo. Mas resolvi que não ia me entregar sem lutar. Comecei a escrever sobre sonhos, conforme pedia o tema:

Minha cama é um navio,
Meu quarto, qualquer país.
Meu sono é mar, é rio
De aventuras juvenis.
Navego por essas águas
Toda vez que adormeço
Nesse sonho não há tréguas
Não há fim, não há começo.

Mas viver é o desafio,
Para a mestra e o aprendiz.
Acordar do desvario
E aprender a ser feliz.

Passei o rascunho a limpo. O inimigo está morto. O sangue azul salta-lhe das veias e preenche seu corpo com a minha letra.
— Pronto?
A voz doce me fez esquecer, por instantes, a distância que nos separava. Parecia adivinhar o que eu escrevera e respondia à minha poesia com um sorriso.
— Pronto.
Nas semanas seguintes, tornei-me popular na escola. Me chamavam pelo nome nos corredores e me perguntavam sobre o poema exposto no mural. Até recebi, fato inédito, um convite para uma festa.
— Festa? Na casa da Sílvia? Tá, vou sim... Me dá o endereço.
Guardei o papel dobrado no bolso da calça e, depois de dois dias, finalmente! Sexta-feira!
— Mãe, cadê meu jeans?
— Qual?
— O que uso na escola.
— Aquele desbotado?
— É, mãe! Onde é que ele tá?
— Coloquei pra lavar.
Lembrei que tinha deixado o papel com o endereço guardado no bolso da calça. Corri para o cesto de roupa suja. Nada. Cheguei tarde: dava pra ouvir o barulho da máquina de lavar. A primeira coisa que vi foi a calça rodando lá dentro.
— É só perguntar o endereço novamente, filho!
— Mãe, vai parecer que nem dei importância! Tenho que pensar num outro jeito.

Tentei lembrar o sobrenome da dona da festa e arrisquei procurar no Facebook. Encontrei! Minha noite estava salva! Corri para o chuveiro e pouco tempo depois estava pronto.

– Pronto, mãe, vamos!

Quando abri a porta do carro, senti mamãe puxando minha camisa.

– Ei, filho, não vai se despedir? E que horas venho te buscar?

– Tchau, mãe. Se não arranjar carona, eu ligo.

– Tudo bem, mas não vai ligar tarde demais. Lembra que eu trabalho amanhã.

– Tá bom, né, mãe! Tchau!

Logo encontrei alguns colegas bebendo seus refrigerantes. Rolava uma música lenta e alguns casais dançavam à meia-luz. Num dos cantos da sala, uma turma conversava, ria, contava piadas.

– Ei, Roberto! – me chamaram. – Sabe do novato que vai entrar na nossa turma na segunda-feira? Estamos pensando numa recepção para ele.

– No ano passado o pessoal se divertiu muito com um novato: um colega vestiu a bata da aula de Ciências e fingiu ser o coordenador... – contei para eles.

– Grande ideia, Roberto! Então agora você é que vai ser o coordenador!

Eu e minha grande boca! Enquanto isso, a festa acontecia sem maiores novidades. E, de repente, uma presença chamou minha atenção. Era ela, a professora! A professora Ana, de Produção Textual! O que ela estaria fazendo ali? Ela sorriu para mim, acenou de longe e desapareceu dentro da casa.

Alguém perguntou as horas, e só aí me dei conta de que não arranjara carona e era tarde demais para ligar para a minha mãe. Falei com a Sílvia, a dona da festa, sobre o problema, e ela respondeu com tranquilidade:

– Tudo bem, minha irmã te leva! Vou falar com ela, tá?

Pouco depois voltou dizendo:

– Ela já estava saindo mesmo, não tem problema nenhum te dar uma carona. Ela já tá te esperando na garagem, é por ali.

Me despedi de todo mundo, segui o caminho indicado pela Silvia e, quando dei por mim, já estava no carro. Fiquei paralisado ao fechar a porta e olhar para o lado: era ela, a professora Ana!

– A senhora é irmã da Silvinha?

– Sou sim, Roberto! E sempre achei engraçado vocês me chamarem de senhora! A gente não tem tanta diferença de idade assim, né? Mas, me diz, onde você mora?

A professora Ana me deixou em casa, e eu passei o resto da noite sonhando com ela. Seus cabelos, seus olhos, seu perfume. Só podia ser amor!

Quando cheguei na escola, na segunda-feira, a peça que iríamos pregar no novato já estava programada.

– Quando tocar o sinal – me explicou o Pedro –, você entra na sala fantasiado de coordenador. O novato é o ruivo que está sentado na segunda carteira da primeira fila.

Entrei na sala, e os colegas, já sabendo da encenação, se levantaram e me cumprimentaram:

– Bom dia, senhor coordenador!

Era engraçado demais, todos agiam como se eu realmente fosse o coordenador!

– Ei, você aí! – caprichei na voz de bravo.

O novato empalideceu.

– Eu?

– É, você, é claro que é você! O que está fazendo?

– Copiando a matéria da semana passada. É que sou novo aqui...

– Chega! Quantas vezes eu já disse que não quero cópias? Para aprender, vai escrever na lousa "Aderbal é um cara de pau". Cinquenta vezes!

E lá foi o novato. A turma quase não conseguia segurar as risadas. Quando ele estava na vigésima primeira frase, o professor Aderbal entrou na sala. Discretamente sentei na primeira carteira vaga que vi e escondi a bata na mochila.

O professor ficou algum tempo olhando para a lousa. De repente, perguntou, com a voz mais gentil do mundo:

– Terminou?

– Faltam vinte e nove frases, professor...

– Professor Aderbal – ele completou, assustando o novato, que largou o pedaço de giz e ficou tão branco quanto ele. – Muito bem, tudo certo. Conheço essa brincadeira... Diga-me, quem se passou por coordenador desta vez?

O ruivinho olhou para mim. Engoli em seco.

– Acho que ele entrou na sala, me falou isso e depois saiu. Deve ser de outra turma.

– Bem, se você não vai me dizer quem fez isso, eu esperarei com paciência até descobrir. E eu vou descobrir! – ameaçou, percorrendo a sala toda com o olhar. – Abram o livro na página quarenta.

No recreio, a turma toda agradeceu ao novato. Acabamos nos tornando amigos inseparáveis. Para ele, eu era o Beto e, para mim, ele era o Foguinho.

No fim do semestre, só se falava da Festa Junina. Todo mundo mobilizado para arrumar as barraquinhas e as atrações. Ia ser demais! A ocasião perfeita para eu revelar os meus sentimentos à professora Ana.

Na noite da festa, o entorno estava muito colorido: lanternas, bandeirinhas, barracas, todo mundo vestido com roupas típicas de caipira... Só que não havia mais ninguém para mim no momento em que ela surgiu. Estava linda com seu vestido branco de renda e seu chapéu de palha. Veio direto falar comigo. Fiquei com medo de que pudesse escutar as batidas do meu coração, que pulava dentro do peito.

– Oi, Roberto! Vem, quero te apresentar alguém!

A professora Ana me puxou pela mão e me levou até uma roda de professores que conversavam animadamente.

Roberto, esse é o Rodrigo, meu noivo. Rodrigo, esse é o meu melhor aluno de Produção Textual! Autor daquela poesia de que você gosta tanto.

– Como vai? – o noivo se dirigiu a mim, apertando minha mão fria.

– Bem... – balbuciei.

Foguinho, que assistia a tudo com expectativa, me puxou pelo braço com a desculpa de que alguém me procurava.

— Sai dessa, cara! É agora mesmo que eu vou te apresentar a minha irmã, que quer muito te conhecer.

Eu mal escutava o Foguinho. O que ele estava pensando? Que a irmã dele iria substituir a professora no meu coração? A tirar pelo irmão, ela deveria ser uma magricela ruiva e sardenta...

... Mas não era. Era uma ruiva maravilhosa. E logo que Foguinho me apresentou Júlia, não resisti e a convidei para dançar. Foi uma noite inteira de danças e conversas ao pé do ouvido. No final, éramos namorados e eu nem me lembrava mais da professora.

Foi só na hora de nos despedirmos que eu me lembrei de algo terrível: nossos dias estavam contados! Eu ia estudar no Canadá dali a algumas semanas.

"Isso tudo é muito estranho", não pude deixar de pensar, olhando para o rosto da minha linda namorada. "Sonhei tanto com essa viagem e agora o que mais desejo é ficar. Júlia, meus amigos, minha escola, de que agora gosto tanto... Vai ficar tudo pra trás..."

Os dias passaram e chegou a hora de embarcar. E, pela primeira vez, senti o que chamam de melancolia.

— São só seis meses, Beto. Logo, logo, você estará de volta. E o seu mundo estará te esperando.

As palavras de minha mãe me aliviaram um pouco, embora, no fundo, eu soubesse que nem eu nem o meu mundo seríamos os mesmos. De dentro do avião, eu olhava a chuva fina que caía e respingava na pequena janela. Então um pensamento me deu forças: quando o ano começou, eu detestava a turma, as matérias, a escola... E naquele momento o que sentia era algo completamente diferente. Não farei isso outra vez! Não odiarei o Canadá. Vou aproveitar a viagem e trazer muitas lembranças boas para contar quando voltar para a minha escola, para os meus amigos e para a minha namorada.

O avião decolou e, com ele, meu coração voou tranquilo.

Pintura
em porcelana

A moça abriu a tampa da caixa com cautela. Leu nas letras destacadas: "Este lado para cima. Cuidado. Frágil". Depois, foi tirando as raspas de madeira que forravam o objeto que estava enrolado em mais material de proteção. Por último, rasgou a embalagem de plástico-bolha.

O conteúdo da caixa representava doces lembranças da avó, recém-falecida. Um dia ela inesperadamente perguntara à neta o que gostaria de herdar entre os objetos valiosos que decoravam seu antigo casarão.

– Vou adivinhar: o piano! Não? Então, a cristaleira. Ou a penteadeira com os espelhos de Murano? Essa eu sei que você adora.

A neta não gostava de falar naquele assunto, mas, sob muita insistência, respondeu que nada lhe agradava mais do que a jarra de porcelana pintada à mão pela própria avó.

– Mas aquilo não tem valor, minha querida. Nem é uma porcelana fina. Eu só pintei umas florezinhas para quebrar a monotonia do branco. Estamos mesmo falando da jarra que uso para despejar a água do meu escalda-pés?

A menina confirmou. Se a avó sentia doer-lhe as pernas, metia os pés na água morna e assim ficava até a água esfriar. Ao visitá-la, a menina sentava-se ao seu lado para ouvir as histórias da mocidade da avó, as viagens que fizera, as pessoas que conhecera, os maridos que tivera.

A neta, fascinada, não deixava que esse ritual fosse interrompido nem quando a avó punha os pés de molho. Ouvindo-a, costumava fixar o olhar na delicadeza de uma rosa azul pintada na louça.

Aberto o embrulho, lá estava ela, a rosa da sua infância. A jarra foi depositada com cerimônia sobre a penteadeira, também herdada. Quando cansou de admirar a rosa, a moça entrou no banheiro. Tomou um banho demorado, lavou os pensamentos e chorou sua saudade.

Enrolada na toalha, após deixar, dentro do box, o excesso de água que torceu dos cabelos, ela foi para o quarto. Desembaraçou cada mecha, sem pressa. Em seguida, as trançou, enquanto tentava se lembrar das histórias que a avó contava.

O marido da moça tinha alma de poeta. Sensibilizado com a tristeza da esposa, escreveu-lhe uma poesia e, usando a jarra pintada, preparou-lhe um escalda-pés. Sentada com os pés na água morna, ela leu:

A rosa azul
Pintada na louça
Sozinha ao canto
Espia a moça
De corpo esbelto
E mãos delicadas
Que alisam, apertam
Entre os finos dedos
Os fios de ouro
Do longo cabelo
Que pingam desenhos
Pelo assoalho.
Depois da toalha,
Depois da escova,
As mechas douradas
São presas na trança
E a rosa na louça
O que mais queria
Era enfeitar
O cabelo da moça
Um dia.

Ela olhou agradecida para o marido. Em seu coração, a felicidade dividia espaço com a saudade. E ela teve a certeza de que nunca se sentiria tão amada quanto naquele momento.

Azulzinho

Um dia, dos potes de tinta de um pintor adormecido, pularam várias cores. O Vermelho Escarlate se espreguiçou e apertou a mão de dona Branca num cumprimento cor-de-rosa. Seu Marinho e senhorita Amarela e apaixonaram-se e resolveram se casar. Escolheram um cantinho na parede e ali pintaram um lar, com telhado verde, paredes amarelas, janelas e portas azuis e florezinhas amarelas.

E logo nascia o fruto desse amor, verdinho, verdinho, careca e sem dentes, que chorava sem parar. A notícia do nascimento se espalhou. Preto Velho e dona Branca levaram para a visita o neto Cinzinha, ainda de fraldas e chupeta na boca. Dona Vermelha e seu marido estrangeiro, Mister Yellow, deram de presente suculentas laranjas.

E as cores foram se encontrando, se conhecendo e pintando outros cantos da parede branca. Num instante, surgiram novas casas com chaminés que soltavam fumaça colorida, ruas por onde passeavam as cores com suas famílias. Iam para lá e para cá, fazendo compras e jogando conversa fora.

Até que um boato tirou o sossego do lugar: Roxo fugira da prisão onde fora trancado, porque vivia roxo de raiva de tudo. As cores se fecharam em suas casas, trancaram portas e janelas e esconderam suas crianças. A fama de Roxo era terrível. Um toque seu podia matar a maioria das cores.

Sem saber de toda aquela confusão, Azulzinho caminhava despreocupado, acostumado à solidão. Ficara órfão muito cedo e vivia aqui e ali, no meio da vida. Quem lhe contou o que estava acontecendo foi dona Branca, ao encontrá-lo na beira da calçada, sentado no meio-fio:

– Você não pode ficar indefeso por aí com esse monstro à solta. Tome! – disse, entregando-lhe um baldinho de tinta. – Se ele atacar, se proteja!

Azulzinho agradeceu e sentou à sombra de uma árvore para observar as frutas que ficavam douradas e prateadas conforme a luz lhes banhava. E quase já se esquecia do perigo quando ele surgiu na sua frente.

– Pirralho! Como ousa estar na rua e me enfrentar desta forma? Sou terrível! Invencível! Veja o que eu faço com esta árvore! E com este riacho! – gritava Roxo, poluindo a água com sua tinta.

– Por que está tão zangado? Experimente uma nova cor! – sugeriu Azulzinho, salpicando muitas bolinhas brancas em Roxo.

Ele ficou mais irritado ainda quando as bolinhas escorreram, tingindo seu corpo de lilás.

– O que está acontecendo?

– Que tal um pouquinho da cor da paz?

Antes transtornado, o ex-Roxo começou a se sentir mais feliz conforme sua cor ia mudando.

– Obrigado, Azulzinho! Na verdade, eu precisava dessa transformação... Vou consertar tudo o que fiz e viver uma nova vida! – gritou o novo Lilás.

Ouvindo isso, as portas e janelas começaram a se abrir, enquanto carinhas coloridas olhavam espantadas para os dois novos amigos que brincavam de pintar. As crianças saíram de casa e fizeram um Carnaval de cores no ex-malvado. A parede inteira era uma festa.

Neste momento, alguns pingos de chuva entraram pela janela da casa e respingaram no rosto do pintor que, acordando, coçou os olhos, e, enxergando a parede, arregalou-os de susto e satisfação. Rapidamente, misturou as tintas, pegou o pincel e reproduziu na tela o que via na parede.

A obra ganhou vários prêmios, e o pintor ficou famoso com ela e com as outras que fez a seguir. Mas ninguém podia entrar em sua casa, para não descobrir seu segredo.

Sempre que dormia, o pintor deixava os potinhos de tinta abertos. Para que as tintas pudessem brincar, ele desocupou todas as paredes: tirou o relógio e até os quadros.

Certa manhã, o pintor teve uma surpresa. Acordou sentindo um estalo úmido na face. Olhou-se no espelho e viu uma marca na bochecha: era um beijo azulzinho, que ele guardou com carinho.

A lenda
da dormência

Um casal teve dois filhos e, na sua condição de servos do rei, marido e mulher esforçavam-se em trabalhar para agradar o soberano e criar sua prole. As crianças cresceram habituadas aos afazeres domésticos e em tudo auxiliavam os pais. Melhor que fossem comportados assim, pois naqueles dias o rei havia desposado uma mulher que possuía fama de lidar com magias, feitiços e coisas do gênero.

Para satisfazer os caprichos da exigente esposa, o rei ordenou que construíssem o mais belo jardim já imaginado, com fontes, cascatas e flores diversas. Assim foi feito, e todas as tardes a estranha dama ali passeava, fazendo brotar raridades ao mais leve toque de seus dedos. A fama do jardim corria o mundo. Diariamente chegavam caravanas trazendo visitantes para admirar o lugar. Satisfeita, a rainha recebia bem todos aqueles que compartilhavam seu amor pela natureza.

Eis que o casal de servos gerou outra criança, tão bela e encantadora que os pais e irmãos concordaram que ela estaria mais segura escondida dentro de casa. A criança cresceu acostumada a ser servida: quase não se movimentava, como uma imagem de gesso, estática e bela, pronta para receber a admiração, os cuidados e os mimos da família. Mas, como ser humano que era, não poderia ser perfeita. Seu único defeito era a preguiça, que cresceu com ela e nela se instalou.

Certo dia ouviu falar do jardim real e desejou ardentemente conhecê-lo. Mas não queria simplesmente tomar a estrada que conduzia ao palácio como todos faziam. Queria que o jardim viesse até ela. Pediu que os irmãos lhe trouxessem uma rosa, a mais bela do jardim, para ser plantada em sua própria casa. E eles, sem saber dizer não, o fizeram.

Na calada da noite, roubaram uma rosa com raiz e tudo. Nos aposentos reais, a esposa do rei subitamente acordou. Levou a mão ao peito e sentenciou ao marido:

– Arrancaram parte de mim. Eu quero que encontrem o responsável.

Imediatamente, o rei convocou seus guardas. Eles logo prenderam os rapazes, que ainda nem haviam chegado em casa. Perante a austera rainha, confessaram o motivo do crime. Irritada, ela ordenou que lhe apresentassem na mesma hora o pivô da confusão.

Montada em um velho cavalo e acompanhada dos envergonhados pais, a menina adentrou o palácio sem aparentar remorso. A rainha espantou-se com sua beleza e juventude, e sua raiva foi despertada pelo pensamento de que, muito em breve, a fama de seu jardim seria superada pela fama da beleza da garota. Os pais, preocupados com a atitude da filha, explicaram que haviam escondido a criança desde o seu nascimento com medo de ladrões e malfeitores, e contaram como, a partir disso, ela havia se acostumado a receber tudo sem fazer nada.

– Desça do cavalo! – ordenou a rainha. – Será castigada pelo roubo que levou seus irmãos a cometer, cabendo-lhe, de agora em diante, a tarefa de cuidar de meu jardim. Proíbo qualquer um de lhe servir ou de lhe ajudar. Fará tudo por si mesma. Além disso, cada vez que descansar mais do que o necessário, sentirá nos pés, ao caminhar, os espinhos da roseira que destruiu. O mesmo ocorrerá a qualquer um que agir com a mesma preguiça. A dor os obrigará ao movimento, que trará alívio.

E assim tem sido através dos anos. Sempre que esquecemos algum dos nossos membros muito tempo na mesma posição, por distração ou preguiça de movê-los, também nós sentimos o pinicar dos espinhos.

O vendedor
de sonhos

A vila amanheceu mais fria do que de costume. A umidade tomava conta dos muros e dos quintais. O dia começou silencioso, parecia que o sol estava com preguiça de aparecer.

Foi assim que José viu Remanso pela última vez. Tudo estava exatamente como conhecera quando chegou, um ano antes. Recordou quando parou, pela primeira vez, em frente a uma casinha branca de paredes manchadas. A tabuleta na porta anunciava, em poucas e precisas palavras:

Vendo doces. Preciso de ajudante.

Ele bateu palmas e aguardou. Quando a porta abriu, uma senhora aproximou-se, arrumando o avental.

– Pois não? – Ela o olhou de alto a baixo.

– É sobre o emprego...

– Já aviso que não posso pagar muito. Só comissão sobre as vendas.

– Comida, água e um teto seriam suficientes.

– Se eu não fosse uma velha sem dinheiro, até desconfiaria dessa proposta. Mas, se é o que quer, posso dar água e comida. Teto... só se for no galinheiro.

– Quando começo? – perguntou, soprando dentro das mãos e as esfregando uma na outra, na tentativa de se esquentar.

– Antes, entre e tome um café. Suas unhas estão roxas...

A doceira serviu, numa caneca, o café forte fumegando, que acabara de passar. Sobre a mesa da cozinha estavam cocadas, quindins e sonhos recheados cobertos de açúcar.

– Preciso de mais lenha para o fogão. O senhor corta um pouco para mim, lá atrás, junto do galinheiro?

– Pode me chamar de José – falou, com simpatia.

– Pode me chamar de dona Rosa – respondeu, ainda mantendo distância.

A névoa pairava sobre a região. Alimentado pela lenha cortada, o fogo dançava entre as chapas de ferro grosso e espalhava um calor agradável pela casa. O frio da manhã trouxe uma tarde inteira de chuva, que cessaria somente ao anoitecer, quando José se acomodou num canto do galinheiro e se enrolou num cobertor surrado. Na companhia das aves, se deitou e observou, através de uma fenda no teto, o céu limpo e estrelado.

O sol banhou de luz a manhã seguinte. O galo empoleirou-se ao seu lado e acordou a vizinhança. Dona Rosa abriu a porta dos fundos e chamou:

– O café tá pronto!

Enquanto José tomava uns goles, ouvia as instruções sobre a venda dos doces, que já estavam cuidadosamente arrumados em um cesto de vime. Antes que ele saísse, dona Rosa perguntou:

– O que fez ao Garnisé? É a primeira vez que ele canta desde que fiquei viúva! Meu marido criava esse galo como se ele fosse um cachorro... um bicho de casa, não de quintal...

José sorriu e saiu, fechando atrás de si o portãozinho azul, cuja tinta descascada em alguns pontos revelava a cor original da madeira. Da casa da doceira, que ficava no alto de um morro, avistava-se toda Remanso. A vegetação era exuberante. Olhando tão de cima dava para perceber bem o desenho da cidade: as casas ladeavam as duas ruas principais, mostrando a vila em forma de cruz.

O primeiro contato de José com os outros moradores foi um quase esbarrão com um homem que estava saindo de um bar. Ele vestia um velho uniforme, que provavelmente pertencera a algum marinheiro, e ameaçava acertar com um guarda-chuva os que dele zombavam.

– Olha que ele joga pedra do calçamento! – alguém gritou.

O marinheiro sumiu na esquina, e José entrou no bar. Perguntou ao rapaz do balcão sobre o responsável pelo alvoroço. Ele riu e, enquanto enxugava os copos, respondeu:

– O Papa-Lagartas? É um pobre coitado que vive por aí, pedindo café com pão... Contam que o padre Manuel teria pedido a ele que desse um fim nas lagartas do pomar da igreja. Dá para adivinhar o fim que ele deu, né? O Papa-Lagartas não bate bem da bola, não. E o senhor? Está trabalhando com a dona Rosa?

— Estou, sim. Mas como descobriu, se acabo de chegar a Remanso?
— Pelo cesto que o senhor está carregando. Até uns tempos era ela que o levava pela vila. Acho que é a idade que não permite mais que ela faça tanto esforço. Mas, me diga, já ofereceu lá na prefeitura? A mulher do prefeito é doidinha pelos doces de dona Rosa. É muito fácil chegar lá: o senhor vira aqui à esquerda que vai logo ver uma casa amarela de dois andares. É a prefeitura.
— Agradeço a dica! E como é o seu nome?
— João da Bodega, ao seu dispor.

José se dirigiu à casa do prefeito, onde também funcionava a prefeitura. Uma moça atendeu à porta e chamou a dona da casa:
— Dona Justina, tem um homem aqui vendendo doce. Mando ele entrar? Pode entrar, sim, que eu sei que ela vai querer.

José entrou, pôs o cesto sobre uma mesinha de centro e cumprimentou a senhora, que logo apareceu na sala perguntando:
— Que tipo de doce tem? Quem fez?

Ele levantou a toalhinha branca que cobria o cesto para exibir a mercadoria.
— Ah, mas que surpresa! São os doces da dona Rosa! Coisa fina! Há quanto tempo não vejo desses por aí... Pensei que ela havia deixado de fazer...
— Ela precisava de um ajudante. Meu nome é José, muito prazer!
— Justina. Mas o senhor não tem cara de vendedor de doces...
— Na verdade sou um viajante, um contador de histórias, e, para me manter, faço o trabalho que queiram me dar.
— Contador de histórias? Não me entenda mal, mas passo tanto tempo nesta casa quase sem ter com quem conversar que eu adoraria ouvir uma de suas histórias. Conte-me, faz favor!

E o vendedor lhe contou o seguinte.

O abismo

Havia um homem pequeno num mundo enorme cheio de homens grandes. Um dia, o homem pequeno, que carregava consigo uma lata, avistou um homem grande sentado numa pedra à beira de um abismo. O olhar do homem grande se perdia

naquela imensidão. Percebendo a aproximação do homem pequeno, olhou para a lata que este carregava e perguntou:
— O que tem aí?
— Bons sentimentos — respondeu o homem pequeno.
— Sentimentos guardados dentro de uma lata?
— Sim.
— Se são bons, valem quanto?
— Nem dá para calcular...
— Então me dê esta lata agora ou eu o jogarei lá embaixo!

O homem grande tomou a lata para si e convocou seus companheiros. Quando estavam todos reunidos, falou sobre o seu tesouro. Foi um espanto geral. Todos queriam ver o homem grande abrir a lata. Mas, quando isso foi feito, a decepção foi geral. Ela estava completamente vazia! Por se sentirem enganados, expulsaram o mentiroso que, desprezado, voltou para sua pedra à beira do abismo. Foi exatamente lá que o homem pequeno apareceu novamente, com outra lata.

— Não me venha com essa, pequeno! Você não me engana mais! A lata estava vazia!

— Não o enganei, não, senhor. Sei o que havia lá dentro, pois fui eu mesmo que guardei! Não tenho culpa se você teve que abrir a lata para se convencer, e convencer os outros, que isso o faria melhor que todos. Na verdade, você transformou o conteúdo da lata em sentimentos vazios, o mesmo vazio que seus olhos viram ao abri-la. Tome-a, e desta vez não abra! Acredite no que há aí dentro!

O homem grande recebeu a segunda lata meio desconfiado. Mas, pensando possuir algo especial, guardou-a consigo e se sentiu melhor. Deixou o abismo e foi tocar sua vida de homem grande. Sempre que a tristeza o acometia, ele se lembrava do que havia na latinha. E isso lhe bastava.

— Eu também gostaria de ter uma latinha dessas — suspirou Justina. — Mas por que o homem grande ficava sentado à beira de um abismo?

— Em geral os homens grandes estão sempre à beira do abismo. A senhora não precisa se sentar nessa pedra: essa foi a escolha do senhor prefeito. Já não é tempo de tomar suas próprias decisões?

As palavras do vendedor de doces tocaram o coração de Justina. Ela nem imaginava como ele descobrira a infelicidade que sentia por ser conhecida como "a mulher do prefeito" e por viver à sombra do marido. Após a conversa, ela se despediu de José, convidou-o a aparecer mais vezes e comprou grande parte dos doces – entre eles, os sonhos.

À tardinha, dona Rosa comemorou o retorno de José e as boas vendas que ele havia realizado ao longo do dia.

– Você tem jeito para a coisa! Venha, vamos tomar um chá.

Durante o chá, dona Rosa quis saber mais sobre o vendedor:

– Por que veio parar em Remanso?

Foi então que José confidenciou à patroa que sofria de uma maldição. Sempre que se angustiava, chorava lágrimas de limão.

– Limão?

Ao falar sobre o problema, os olhos do vendedor começaram a arder. Algumas lágrimas escorreram pelo seu rosto e acabaram pingando no seu chá.

– Bem, só espero não ter que provar da sua xícara para descobrir se isso é verdade. Mas, se é assim, deve até estar gostoso! – brincou.

O vendedor acabou rindo da própria desgraça.

– Por isso vim para Remanso, dona Rosa. Morar num lugar bonito, sossegado, conviver com gente simples, ajudar as pessoas... Isso tudo é, para mim, uma necessidade. Mantém meu coração tranquilo, sem angústias. E, quando sinto que cumpri minha missão, parto para conhecer novos lugares e fazer outros amigos.

Apesar de estranhar as singularidades do vendedor, dona Rosa sentiu crescer muito rápido, dentro dela, uma afeição pelo forasteiro. O sino da Matriz interrompeu a conversa, chamando todos para a missa das seis da tarde. Após a celebração, ela apresentou José ao padre Manuel, que foi presenteado, pelo vendedor, com sonhos açucarados.

Naquela noite fria, durante o sono, padre Manuel teve um sonho. Tomava um banho quente quando alguém bateu à porta. Como as batidas prosseguissem insistentemente, o padre saiu do chuveiro, enrolou a toalha no corpo e foi abrir a porta. Ninguém. Deu alguns passos para a frente, mesmo tremendo de frio, e a porta se fechou de repente, deixando-o do lado de fora.

Tentou de todas as formas abrir a porta, mas nada conseguiu. Bateu nas casas mais próximas, e ninguém atendeu. Para aumentar sua aflição, um cão feroz surgiu na sua frente e cravou os dentes na toalha, embrenhando-se com ela mato adentro.

Sentiu gelar o sangue: justo naquele instante, as portas das casas começaram a se abrir. Horrorizadas, as pessoas não queriam ouvir suas explicações: começaram a atirar pedras em sua direção. Ninguém lhe deu direito à defesa.

Padre Manuel abriu os olhos de supetão. Somente o cricrilar de um grilo cortava o silêncio da madrugada.

Lembrou-se do sermão que proferira na última missa: o "Sermão da Montanha" era tema recorrente em suas celebrações. Vieram-lhe à mente as palavras: "Não julgueis, e não sereis julgados. Porque do mesmo modo que julgardes, sereis também vós julgados e, com a medida que tiverdes medido, também vós sereis medidos".

No dia seguinte, a doceira recebeu o padre, em uma visita inesperada. Ele queria saber mais sobre José.

– Você não me parece um vendedor de doces – desconfiou.

– Na verdade, escrevo histórias, e Remanso me pareceu um ótimo lugar para pensar e descobrir novas ideias. Assim tem sido minha vida: uma cidade aqui, um emprego ali, e sempre um bom assunto.

– Se interessar, eu posso encaminhar essas suas histórias para o jornalzinho da paróquia vizinha, eles têm mais recursos. Desde que, obviamente, os textos contenham uma boa mensagem.

José levantou, foi até o galinheiro e retornou, logo em seguida, trazendo um papel dobrado, que entregou ao padre.

– Para o jornal?

– Não. Esta história é para o senhor:

O espelho

Num mundo de homens grandes, um homem pequeno vivia muito só. Certo dia, o pequeno caminhou até o lago e sentou-se à sua margem. Meteu os pés na água e viu seu reflexo. Notou que outro homem pequeno o observava de lá de dentro da água com um olhar curioso. Surpreso, o homem pequeno tirou os pés do lago. O outro também se encolheu. Levantou-se. O outro também.

— Aonde você vai? Se partir, eu igualmente sumirei. Fique, para que eu possa existir.

O homem pequeno não só ficou, como conversou demoradamente com seu reflexo. Fez desse encontro uma rotina diária. Falavam das flores que brotavam nas margens, da mudança das cores do céu, conforme as horas passavam, das nuvens, tão diferentes umas das outras. Os homens grandes estranharam as atitudes do pequeno, que nunca disfarçava sua felicidade ao caminhar na direção do lago. Desconfiaram que ele havia encontrado um tesouro e o seguiram. Como o dia estava ensolarado, os raios iluminaram a superfície, tornando-a dourada. Num ímpeto, os homens grandes mergulharam para apanhar as gotas de ouro que dançavam nas águas. Mas, repentinamente, uma nuvem de chuva cobriu o sol, e o lago azulou novamente. Inconformados, os homens grandes quiseram saber, então, a verdadeira razão de o homem pequeno ir até lá todas as manhãs, e ele explicou:

— Vou encontrar a minha alma. Vocês não sabiam? No lago moram as almas de quem nele se mira. É o melhor jeito de conversar consigo mesmo e de se conhecer mais.

Os grandes miraram as águas e não viram nada de extraordinário. Foram embora. O pequeno se aproximou e se despediu de seu reflexo, que correspondeu o gesto e o sorriso. Estava feliz e nunca mais se sentiu só.

— Mas que história é essa? O que isso quer dizer? – perguntou-se o padre ao terminar a leitura do texto de José. Distraído, quase esbarrou no Papa-Lagartas, que, por sua vez, também lia uma história escrita pelo vendedor:

A flor

Havia um homem pequeno. Pequena era a sua estatura, embora grandes fossem seus pensamentos. Com seus pequenos olhos ele via um mundo grande, cheio de homens grandes, que se achavam melhores do que ele. Cada um deles possuía uma flor enorme, símbolo da vaidade que eles ostentavam. A flor do homem pequeno perdia-se na palma de sua mão. Certo dia houve uma grande seca, e as grandes flores, que não resistiram à falta d'água, murcharam. Somente a flor do pequeno continuava firme. Os homens grandes perguntaram, cheios de arrogância:

– Por que sua flor não secou?

– Ela não precisa de muito para viver. Divido o que tenho com ela.

Os homens grandes foram embora frustrados. Eles não tinham nada para dividir com suas flores.

– Cuidado, Papa-Lagartas! – alertou o padre.

– Meu nome é Zé Flor! Eu nunca comi lagarta! – zangou-se o homem.

Ele se dirigia à casa da doceira para pedir café com pão. Ao entrar, uma saudação:

– Papa-Lagartas! Tudo bem? Já sei: você quer café e pão – concluiu Rosa.

– Café com pão, pão com manteiga! E meu nome é Zé Flor!

Passados alguns meses da chegada de José a Remanso, muita coisa tinha mudado por lá. Dona Rosa, com o lucro na venda dos doces, havia reformado a casa e conseguiu tirar o ajudante do galinheiro. Ele se mudara para o antigo quartinho das ferramentas, atual quarto de hóspedes, com direito a mobília nova.

Naquele momento, a vila se preparava para as festas juninas, mas ninguém estava mais animada do que Justina. Ela assumira a organização dos festejos e liderou mutirões para arrecadar fundos. Encheu a vila de bandeirinhas e, no dia de São João, dançou a noite toda ao redor da fogueira, sob o olhar incrédulo do prefeito.

Quando chegou o início de novembro, dona Rosa comprou o material necessário para realizar um antigo sonho: montar um lindo presépio. E, quando arrancou a folhinha do calendário com o dia 23 de dezembro, ela estava eufórica.

– Faltam somente alguns retoques! – dizia ela enquanto arrumava, na réplica de Remanso, as pequenas imagens do menino Jesus, de seus pais, dos reis magos, das vacas e dos cordeiros em volta do estábulo.

Ao cair da noite, José ligou as luzes e, por meio de uma engenhoca na qual trabalhara secretamente, deu movimento às figuras, que mexiam as mãos e as cabeças agradecendo a Deus pelo milagre do nascimento de Cristo. Dona Rosa tirou do forno o bolo de Natal, feito com frutas cristalizadas e mel. Colocou-o no centro da mesa, já posta com sonhos, quindins, bombons de chocolate e um peru assado enfeitado com maçãs carameladas, ameixas e rodelas de abacaxi. Havia também pão caseiro e uma garrafa de vinho.

– Vou trocar de roupa para jantarmos, José. Nem sei por que fiz tanta coisa... Somos só nós dois... Mas, do fundo do coração: nunca fiz com tanto gosto.

Quando já estavam sentados à mesa, dona Rosa confessou a José o quanto se sentia isolada em sua casa no alto do morro.

– Nunca tive companhia para nada. Estive só em minhas doenças, nas tristezas e até nas alegrias. Por isso este é um Natal muito especial para mim...

Nesse momento, alguém bateu à porta.

– Dona Justina? A senhora por aqui? E o prefeito também?

– Ouvimos falar da beleza do seu presépio e viemos desejar feliz Natal a quem tem adoçado nossos dias.

– Que alegria! Entrem, sirvam-se à vontade.

Antes que a porta fosse fechada, outro alguém apareceu. Era o padre Manuel. Pouco depois, chegou o Zé Flor. E foi chegando mais um e mais outro, até que aqueles que não encontraram espaço dentro da casa se espalharam pelo pátio da entrada e pelo quintal. A noite era fria, mas o calor humano aquecia o ambiente. Padre Manuel pediu licença para rezar a missa de Natal. Justina abriu os cânticos, e todas as vozes formaram uma só. Sobre aquele lugar feliz, as estrelas pareciam brilhar mais, quase tanto quanto os olhos satisfeitos de dona Rosa.

O ano-novo chegou. O reisado passou de casa em casa com suas cantigas. E a vila amanheceu mais fria do que de costume. Ninguém nas ruas ou na praça da Matriz. Foi assim que José viu Remanso pela última vez. Tudo estava exatamente como conhecera quando chegou, um ano antes.

Pelo menos aparentemente.

A história do Viraverde

— E agora, hein, Biá? O que vai ser de mim quando a dona Filomena puser o pomar abaixo?
— Vamos dormir, Viraverde. Ainda temos uma semana...
Encolhido entre as próprias penas, Biá adormeceu. Mas Viraverde, com os galhos abertos voltados para o céu, parecia apelar às estrelas, implorando uma solução. Tinha que haver uma saída.
Naquela noite ele não dormiu. Entregou-se às lembranças e recordou o dia em que recebera o nome de Rubinho Viraverde. Claro que fora ideia do Biá! Pousado no galho, cheio de si mesmo, determinou:
— Você precisa de um novo nome! Não dá para continuar como Rubinho Machado. Justo Machado?! Ainda se fosse um nome menos perigoso, mais condizente com a sua atual situação, como Rubinho Carvalho, Oliveira ou mesmo Nogueira... Já sei! A partir de hoje, meu amigo, você será chamado de Rubinho Viraverde!
E Viraverde ficou. Mas, um dia, ele realmente se chamara Machado. Rubinho Machado. Um menino que corria desabalado com seus colegas entre as mangueiras frondosas que sombreavam o pátio do colégio.
Corriam, brincavam, gritavam... O mundo era deles. Não existiam limites. Tudo estava ali para eles, por causa deles. As janelas para pular, os calangos para caçar e as árvores para subir, escrever, descascar, fazer das sementes balas de atiradeira.
Rubinho era um garoto levado. Somente dona Marieta é quem podia com o filho. E naqueles dias, acredito que pelo fato de a mãe estar hospitalizada e de o pai morar no exterior, o menino estava ainda mais agitado. Na escola ninguém conseguia controlá-lo. O guri estudava em um grande colégio, que ocupava um quarteirão inteiro. Um muro alto limitava seus três prédios e uma extensa área verde, o pomar. Era nesse lugar que ele, Cláudio

e Tomás aprontavam para valer. As vítimas preferidas eram as árvores: subiam e pulavam nos galhos, amarravam cordas e nelas se balançavam para lá e para cá. Os resultados de brincadeiras como essas não poderiam ser outros: feridas que atravessavam as cascas e revelavam as camadas interiores dos troncos. Quase todos traziam, além dessas marcas, nomes, palavrões riscados com pedrinhas pontudas ou canivetes.

A própria diretora, dona Filomena, já se prontificara a passar em todas as salas do Terceiro Ano para conscientizar os meninos da importância de preservar a natureza, mas a cada dia surgia outra árvore molestada. Até que a violência maior foi cometida, colocando em risco não só o pomar, mas os próprios alunos. Quando os bombeiros chegaram, trataram de isolar do perigo as demais árvores que assistiam, silenciosas, à dança das chamas que consumia a grande mangueira.

E nos dias seguintes ao incêndio, não se ouviu um só barulho, um só ruído no pomar. Até os passarinhos ficaram mudos em respeito às cinzas da velha árvore. Desde a internação da mãe, Rubinho estava morando na casa da avó de Tomás, que o acolhera com carinho. A senhora era uma simpatia. Além de criar Tomás, cuidava de diversos bichos que recolhia pela vizinhança. O neto nem estranhava mais o jeito dela. Arrumava a casa sempre cantando, com um dos gatos fechado no casaco, só com a cabecinha de fora. Dava banho nos cachorros e conversava com as plantas e com os papagaios. Sua casa era um lugar alegre e cheio de vida.

Foi assim que, numa manhã de segunda-feira, Rubinho se levantou, escovou os dentes, meteu-se no chuveiro, vestiu o uniforme e parou diante do espelho.

– Ei, que negócio é esse? Será que não tirei o xampu direito?

O garoto esfregava a cabeça, puxava o fio e nada. Nascera um fio de cabelo verde! Verde? É, verdinho, verdinho. Como? Não me perguntem. O que acontece numa história nem sempre tem explicação, e o fato é que o fio de cabelo verde estava lá. Espetado para cima.

No colégio:

– Rubinho pintou o cabelo! – exclamou Cláudio.

– Não pintei! Juro!
– Ninguém tem o cabelo verde! – ele reforçou.
– Eu tenho, e daí? Se continuar me enchendo vai ter, ó!
O garoto fechou o punho, ameaçando o colega. À noite, no quarto, Rubinho e Tomás conversavam sobre o que acontecera em seu cabelo:
– Eu acho que tá aumentando...
– É... Agora parece que nasceram mais uns três.
Tomás catava fios verdes na cabeça do amigo.
– Como é que eu vou pro colégio amanhã?
– Usa o meu boné!
– Será que vão perceber?
– Só se você tirar o boné!
– E se procurarmos um médico?
– Ele vai achar que você pintou... Não adianta!

Os dois amigos passaram a disfarçar o que acontecia com Rubinho, para evitar maiores constrangimentos. Mas a verdade é que algo muito estranho se passava com o menino. Primeiro o cabelo ficou todo verde. Depois, com a chegada do outono, caiu e, na primavera, floriu.
– Ai!
– Quer que eu arranque essas flores ou prefere sair assim por aí?
– Mas isso dói! Por que não arranja uma tesoura? Aí não precisa puxar!
– Só se for a do jardim!
– É! Vai buscar!

Acabado o serviço, Tomás brincou:
– Nunca imaginei que faria jardinagem na cabeça de uma pessoa!
– Muito engraçado! – exclamou Rubinho, franzindo a testa e torcendo o nariz.

E para encurtar um pouco a história, posso dizer que um dia o menino saiu para brincar e não voltou do recreio.

Sabem o que aconteceu? Desconfiam? Pois é, Rubinho virou árvore, e passou a sofrer nas mãos dos próprios colegas. Foi quando fez amizade com

A sala de aula [e outros contos] 77

um sabiá, o Biá, que lhe ensinou a sacudir os galhos para que as sementes levadas pelo vento originassem novas árvores. Agora não podia mais contar com Tomás, que comunicara o seu desaparecimento e todos os dias saía para procurá-lo. Em vão, porque buscava um garoto e não uma árvore.

Biá se tornou seu único amigo e a melhor ajuda.

— E agora, Biá? O que vai ser de mim quando dona Filomena puser o pomar abaixo?

— De novo essa pergunta? O sol mal saiu!

— Biá!

— Tá, eu sei. Lembre-se de que a minha casa também está em risco. Só tem um jeito de impedir o pior: precisamos descobrir quem pôs fogo na mangueira para fazer a diretora desistir da ideia radical de derrubar tudo e, com isso, evitar outros problemas. Esse é mesmo um caso de vida ou de... corte!

— Não sei como você ainda consegue brincar com tudo isso, Biá! A ideia é boa, mas como vamos conseguir?

— Muito simples! Deixa comigo, já tenho um plano.

Biá explicou tudo a Viraverde e, no dia seguinte, quando a turma de bagunceiros chegou ao pomar, os dois entraram em ação: Viraverde acertou os meninos com frutinhas podres e sementes. Biá fez a pontaria e...

— Que nojo! É de passarinho!

— Deve ter sido aquele sabiá ali.

O moleque puxou a atiradeira.

— Vou acertar ele! — disse, fazendo mira. — Poxa, que difícil! Ele está num galho muito alto...

— Deixa comigo, sei de um jeito — falou seu comparsa.

Foi então que Cláudio tirou uma caixa de fósforos do bolso. Riscou vários de uma vez e jogou num punhado de folhas secas que se acumulara por lá. Enquanto o fogo começava a queimá-las, Biá sumiu no meio da fumaça. Rapidamente voou até a janela da diretoria.

A diretora, horrorizada com o sabiá que se debatia e bicava o vidro de

sua sala feito louco, resolveu sair e acompanhar passarinho, que zuniu de volta ao pomar: foi assim que ela flagrou os incendiários.

Depois de descobertos, Cláudio e seus amigos foram expulsos da escola. O pomar estava salvo! Agradecida pela inesperada ajuda, dona Filomena não poderia, naquelas circunstâncias, destruir a morada dos passarinhos.

— O único problema é que o fogo chegou a ressecar meu tronco... Veja só, Biá! Estou descascando inteiro.

— Um problema de cada vez... Esta noite vou dormir na árvore ao lado para não incomodar você e amanhã pensamos em como resolver isso.

A noite chegou e envolveu os dois num sono profundo. Pela manhã, Viraverde acordou ouvindo a voz de Tomás e sentindo um frio terrível.

— Rubinho, caramba! O que aconteceu com você? Você está nu! Ninguém pode ver você assim, toma, veste essa roupa!

Tomás abriu a mochila e rapidamente pegou seu uniforme de Educação Física.

— Ainda bem que eu trouxe essa roupa! Anda, você tem que se vestir, está tremendo... me conta o que houve com você? Estão todos te procurando, minha avó, sua mãe, que já saiu do hospital... Seu pai veio pra cá também! Que bom encontrar você, vai todo mundo ficar feliz!

De Viraverde a Virarubinho. Finalmente tudo havia acabado, e ele era um menino de novo. Voltaria para casa e contaria toda a verdade. Tornar-se-ia um grande defensor da natureza. Olhou para o alto e viu Biá, que cantou bonito, longamente, como que se despedindo do amigo.

Será que acreditariam na sua história? O Tomás, talvez. Mas isso, diante de tudo o que aprendera, era o que menos importava.

O quarto
dos arreios

Luiza chegara a Aroeira pela manhã. Passou sob o caramanchão que derramava quase até o chão as flores lilases de buganvília. Era aquela travessia mágica que a conduzia a um mundo muito diferente da capital onde morava.

Naquele mesmo instante, o coronel Artur saía pela porta da frente do casarão. Foi até o sino e bateu forte o pêndulo, de um lado para o outro, fazendo ecoar o som a que o capataz atendeu prontamente, saído de algum canto da fazenda.

Dona Isaura recebeu a garota nos degraus da escadaria enquanto o coronel dava ordens ao capataz, o velho Dezenove: que fossem vendidas três sacas de café e vinte rapaduras ao seu compadre, dono da fazenda vizinha.

Na parte mais elevada do terreno, dentro do paiol, eram guardadas as sacas de café em grãos e as rapaduras embaladas em folhas secas de bananeira, empilhadas umas sobre as outras. Num canto, a pesada balança de ferro; no outro, a porta que dava para o quarto dos arreios.

Com o passar dos anos, as gerações que se sucederam deixaram suas marcas em Aroeira. Mas o paiol permanecia o mesmo: um ambiente escuro, fechado, que concentrava o cheiro forte de café.

Os cheiros da fazenda moravam nas lembranças de Luiza. Tinham se tornado presentes em sua memória, desde a primeira vez que aceitara o convite de sua amiga Angélica para passar as férias naquele lugar.

De todos os recantos a serem explorados no imenso terreno da fazenda, era o quarto dos arreios que mais a atraía. Era capaz de passar horas lá dentro, observando cada detalhe. Os chicotes de couro curtido, os ferros com a marca "A", inicial do nome da fazenda, as esporas gastas, tudo pendurado nas paredes. Sobre as pilhas de balaios, as cangalhas e as selas.

O pensamento viajava: Luiza imaginava a vida na época dos avós e dos bisavós do coronel Artur. Talvez toda aquela evocação de uma atmosfera longínqua, ecos do passado, fosse despertada pela ausência de energia elétrica. E, sem ela, tudo era feito à moda antiga. Parecia haver mais tempo para pensar, perceber o mundo e os outros. Tanto que, à noite, após o jantar, todos se reuniam na sala de visitas para conversar, hábito esquecido na correria da cidade grande.

Luiza dividia o mesmo cômodo com as irmãs Inácia, Catarina e Angélica. O quarto de hóspedes estava reservado para Danilo, o irmão mais velho da amiga, que logo chegaria à fazenda.

Certa noite, Luiza foi acordada por uma sede incontrolável. Ela abriu a porta do quarto e acabou parando numa saleta no caminho para a cozinha, pois ouviu passos fortes e pesados, que faziam ranger o velho piso de tábua corrida. Assustada, a menina subiu rapidamente as escadas que levavam ao sótão e se escondeu. Do alto, avistou botas longas, nas quais o chicote batia enquanto seu dono andava. Viu também a ponta da camisola e os pés de dona Isaura metidos em chinelos que tentavam conter o pesado par de botas.

– Me deixa, mulher! Eu conheço o caminho! Esta casa é minha! Aqui eu é que mando... – o homem bradava.

– Fale o que quiser, Artur, mas fale baixo! – ela implorava. – Venha, vamos para o quarto...

Luiza mal reconhecia a voz do coronel Artur, que estava completamente embriagado. Ela via como ele esbravejava e tentava soltar o braço das mãos da esposa que, pacientemente, o conduzia ao quarto. Ela temia que as meninas acordassem e presenciassem a cena que se repetia quase todas as noites.

Quantas vezes dona Isaura recebera o mesmo recado? Alguém avistara o coronel largado à mesa de um dos botecos da região, e ele, de tão bêbado, não conseguia voltar para casa. Ela não se alterava. Chamava o Dezenove e pedia que o funcionário buscasse o marido, que vinha sempre de má vontade, sem muita consciência do que fazia ou falava.

Luiza, muda e quase sem respirar para não ser notada, permaneceu no alto da escada até o casal se trancar no quarto. Quando percebeu que a casa mergulhara novamente no silêncio, começou a descer, segurando-se no corrimão com as duas mãos, pois as pernas trêmulas não lhe garantiam o equilíbrio.

84

Abriu a porta do seu quarto. As meninas continuavam dormindo. Pulou na cama e afundou entre os lençóis, escondendo a cabeça no travesseiro.

No dia seguinte, Luiza ficou aliviada ao perceber que o coronel estaria ausente no café da manhã, pois saíra muito cedo para seus negócios em uma das fazendas vizinhas. Seria constrangedor encará-lo à mesa, depois da cena que presenciara.

O pai de Angélica tinha um temperamento rude. Luiza jamais esqueceu o dia em que as duas resolveram brincar na beira do açude, não sentiram o tempo passar e perderam a hora do almoço. Quando ouviram as impacientes badaladas do sino do alpendre, correram o mais rápido que puderam e entraram na sala encharcadas. O coronel, sem tirar os olhos do prato, apenas disse:

— Para o quarto, Angélica! Esta casa tem regras. Se não se almoça na hora certa, não se almoça mais.

Dona Isaura deu uma toalha a Luiza e a levou para a cozinha, onde lhe serviu um prato longe dos olhos do marido.

Apesar de ter passado uma noite conturbada, dona Isaura amanheceu feliz. Uma mala no meio da sala indicava a chegada de alguém muito esperado.

— Bom dia, Luiza, você madrugou! — ela disse ao encontrar com a menina. — Lembra do Danilo, o meu filho mais velho? Danilo, você se lembra da Luiza, amiguinha da Angélica? Qual era a idade de vocês na última vez que se viram? Acho que Angélica e Luiza tinham 9 anos, e você, 14. Agora é ela quem está com 14! Veja como virou uma linda mocinha!

Danilo não se lembrava de Luiza, mas a beleza da garota chamou sua atenção.

— Danilo! — chamou Angélica, entrando na sala e se atirando nos braços do irmão.

— Minha pequena rebelde! Quais são as novidades?

— Caí do cavalo mês passado, mas já não estou nem mancando. Papai me proibiu de montar, acho que não vou fazer isso tão cedo...

— Angélica, seu irmão fez uma longa viagem e vai passar muitos dias aqui conosco. Vamos tomar café, depois você conta para ele as suas aventuras...

Depois do café da manhã, as duas amigas foram até as goiabeiras. Estavam carregadas. O velho Dezenove enchia balaios com as frutas.

— Bom dia, meninas!

— Bom dia, Dezenove! — respondeu Angélica.

— Por que ele se chama assim? — perguntou Luiza, discretamente.

Angélica contou que, nos tempos passados de Aroeira, quando o coronel Gonçalo, avô do coronel Artur, dirigia o lugar, havia uma grande desavença entre as famílias vizinhas, que disputavam o poder político da região. Certo dia, no auge das tensões, Chico Mato, um descendente de negros nascido em Aroeira, cortou o próprio polegar direito. Assim, impossibilitado de empunhar a espingarda, não poderia participar do conflito.

Quando indagado sobre o motivo que o levara a cometer tal ato, ele respondeu:

— Cresci ouvindo histórias de violência sofridas pelos negros cativos, escravos, e sobre o que precisaram fazer a mando de seus senhores. Prefiro perder um dedo a tirar uma vida.

Desde então, passou a ser conhecido como Dezenove. Passados os anos que apagaram as diferenças entre as famílias, coronel Artur mantinha um bom relacionamento com os vizinhos.

Dentro do casarão, um delicioso aroma se espalhava: era o cheiro da manteiga da terra derretendo na caçarola, da gordura que escapava e queimava na brasa, levantando na fumaça o cheiro de carne assada.

Na fazenda era assim: mal terminavam de guardar a louça do café já iniciavam os preparativos para o almoço. Ao meio-dia em ponto estavam todos à mesa a se servir de carne com batatas, milho cozido na manteiga, feijão-de-corda e salada verde. Coronel Artur estava de bom humor, fechara um ótimo negócio pela manhã. Mas Luiza só conseguia reparar que Danilo não parava de observá-la. Ficou meio sem jeito, mas, no íntimo, a novidade lhe agradou. Somente Inácia comia sem vontade, mal disfarçando sua tristeza.

Dona Isaura reparou na tristeza da menina e perguntou:

— O que há, Inácia?

— Há três semanas que não recebo notícias do Alfredo, mãe. Não sei o que pensar, se aconteceu alguma coisa com ele, se ele me esqueceu... Como não temos telefone aqui, ele me prometeu que escreveria todas as semanas enquanto eu estivesse ausente... Mas, até agora, nada...

— Não pense coisas ruins, Inácia! Pode ter havido algum problema nos correios, alguma dificuldade com o endereço da fazenda...

Nos últimos dias de férias, Danilo e Luiza estavam cada vez mais próximos. Certamente por causa da garota, ele sempre acompanhava os passeios das meninas.

— Ei, Luiza, quer andar a cavalo? Não vou chamar a Angélica, que ela ainda está proibida.

Os dois se dirigiram ao quarto dos arreios. Danilo tirou uma sela de cima da pilha de cangalhas e se esticou para pegar os arreios pendurados na parede onde Luiza se encostara.

O coração da garota pulsou forte ao perceber que Danilo a olhava nos olhos. Num impulso, eles se beijaram. Aconteceu aquele que era o primeiro beijo de Luiza. Justo ali, no quarto dos arreios, estando cercada por todos aqueles objetos que despertavam a sua imaginação, as lembranças de um tempo que sequer conhecera, inebriada com os cheiros misturados de café e terra.

Apesar do sentimento que crescia entre os dois, Luiza sabia que não teriam futuro juntos. No dia seguinte, Danilo voltaria para o exterior, onde estudava. Logo depois do beijo, ele saiu para selar o cavalo, e ela permaneceu ali, imóvel, como se quisesse alongar o momento. Foi então que ela avistou um pedaço de envelope saindo do bolsão de uma sela. Ao abri-lo, encontrou quatro cartas. No remetente: Alfredo Campos. Surpresa, guardou-as para, após o passeio, entregá-las à Inácia. Mas a jovem as encontrou no bolso da calça primeiro, emboladas nas roupas, sobre a cama de Luiza, enquanto ela estava no banho.

— Mamãe! Olha aqui! – ela gritava e chorava ao mesmo tempo. – A Luiza escondeu as minhas cartas! Por que ela fez isso? Não posso acreditar!

Paralisada dentro do banheiro, Luiza ouvia os gritos de Inácia:

A sala de aula [e outros contos] 87

– Vai ter que me explicar tudo, olhando nos meus olhos! Que falsa! Que falsa!

– Não foi ela! Fui eu! – confessou Catarina, entrando abruptamente no quarto. – Fiz para o seu bem, Inácia! Para que não passasse pelo que passei!

Dona Inácia abraçou a filha:

– Catarina, minha querida! Sua experiência infeliz com um noivado rompido não será a mesma de Inácia... Deixe sua irmã procurar a felicidade dela e vá também em busca da sua!

Nesse instante um tiro a distância silenciou a discussão. O velho Dezenove apareceu, ofegante:

– O coronel Artur bebeu! Tá atirando pros quatro ventos! Não tem quem consiga chegar perto.

Os tiros continuavam. Angélica, que acompanhava a cena sentada em sua cama, se levantou e correu para fora.

– Angélica, volte aqui! – desesperou-se dona Isaura.

Todos correram para o alpendre. O céu estava estrelado, plácido, e não havia nenhum movimento à vista. Então, do meio dos juazeiros, saíram pai e filha. Angélica trazia a pistola em uma de suas mãos; na outra, a mão do pai, que se deixava conduzir.

As férias, tão cheias de aventuras e experiências marcantes, chegaram ao fim: Luiza teve que deixar Aroeira e voltar para sua rotina na cidade. De volta aos estudos, de volta à sua casa, de volta aos seus pais.

Os anos passaram e transformaram a Luiza menina em Luiza mulher. Numa tarde, recebeu um e-mail de Angélica, que agora morava na Alemanha.

Instigada pela mensagem da amiga, a – agora – professora Luiza aproveitou as férias escolares para rever Aroeira. Decepcionou-se ao notar que a fazenda estava vazia. O caseiro contou-lhe que, depois da morte do marido, dona Isaura mudara para a cidade com uma das filhas. Luiza imaginou que pudesse ser Catarina. Soubera por Angélica que Inácia se casara com Alfredo e se mudara para Manaus.

O caseiro interrompeu suas recordações:

— O seu Danilo também está aí. Veio ver a casa. De vez em quando ele aparece...

Luiza viu um Danilo grisalho, diferente do Danilo de antes. O reencontro se deu com um carinhoso abraço.

— Não posso acreditar! Estava justamente me lembrando de você e de Angélica carregando as goiabas nas cestas. Como você está mudada! Tem tempo, né?

— Recebi um e-mail de Angélica, contando que ela estava voltando para o Brasil e viria aqui hoje. Não resisti à tentação de voltar e rever esse lugar.

— Não acredito que continuam tão amigas há tantos anos!

— A distância atrapalha um pouco, mas sempre nos escrevemos.

Danilo contou de sua esposa, dos filhos, do trabalho e a envolveu completamente com sua conversa interessante. E por um momento Luiza pensou que, se não fossem tão jovens quando aconteceu o beijo naquele quarto de arreios, a história que Danilo contava seria também a dela.

— Olha, as goiabeiras estão carregadas!

— Estão esperando por você... — Danilo brincou.

Luiza foi até o pomar, colheu e cravou os dentes numa das frutas maduras, despediu-se de longe e depois deixou Aroeira com um gosto de goiaba na boca e no coração.

Céu e terra

Joca encostou o queixo no cabo da enxada. Procurou algo invisível no horizonte. O sol secara as folhas das árvores. Cinzas e imóveis como o tempo naquele lugar.

Empurrou o chapéu de palha, coçou a cabeça, pensativo, depois cuspiu de lado e retomou o trabalho. Teimava em continuar revolvendo a terra para começar o plantio quando as chuvas chegassem. Daquela rocinha de milho e feijão tinha que tirar o sustento da família. Recebera as sementes na cooperativa e precisava semeá-las assim que o inverno começasse.

À medida que as horas passavam, o sol parecia crescer mais em luminosidade e calor. Joca encostou na única árvore que havia ali. Virou a cabaça na boca, procurando vestígios de água.

Quando o sol cansou de castigar, ele, bastante esgotado, resolveu voltar para sua casa. Carminha, a mulher, e os filhos, Cassiano e Casimiro, o esperavam à porta. No terreiro bem varrido, Pinga, seu vira-lata, cochilava estirado no chão, o focinho apoiado nas patas dianteiras. As galinhas que restavam se empoleiravam para dormir nos galhos dos arbustos.

Antes de entrar, repetiu o ritual diário de guardar a enxada atrás da casa e se lavar no tanque.

No fogãozinho de barro, uma panela fumegava. Carminha serviu as crianças com o que fora possível improvisar. Enquanto servia o marido, puxou conversa:

– O seu Domingos esteve aqui outra vez.

– O que ele queria?

Carminha olhou para o marido admirada com a pergunta e respondeu:

– O de sempre. Mandou botar preço na terra.

Olhos no prato, Joca continuou a comer como se não tivesse escutado as palavras da mulher. Pinga se aproximou de mansinho e pôs a cabeça num dos joelhos do dono, que o acariciou num gesto distraído.

A mulher trouxe uma canequinha de café, que o marido bebeu de um gole só. Ele pegou um cigarro de palha e foi fumar no terreiro. Carminha olhava para Joca, enigmático, sentado no banco feito de um tronco de carnaúba. Durante uma baforada comprida, ele disse, expelindo a fumaça:

— Pensei muito na proposta do seu Domingos. Não venderei nossa terra. É tudo que temos. Meu pai dizia: "Filho, nunca venda algo que você tenha conseguido com dificuldade, mesmo que seja uma enxada, porque um dia você descobre que ficou sem o dinheiro e sem a enxada".

Carminha pensou em argumentar, mas sabia que não ia adiantar. Ela desejava voltar para a serra fria e verde onde nascera e de onde saíra para se casar. Sentou-se ao lado do marido. A noite estava escura, e as crianças brincavam iluminadas pela fraca luz da lamparina.

— Joca, você acha que teremos inverno este ano?

— Ainda é cedo. Não passou o dia de São José. Só depois disso eu perco a esperança.

— Tomara que não tenhamos outro ano seco como o que passou.

Carminha não acreditava que fosse chover. Todos os dias buscava, no céu, através da janela que dava para o quintal, um sinal de nuvem. Sempre que ela alongava o olhar pela planura árida, lembrava, com saudades, da casa paterna. O jardim florido, o pomar cheio de árvores.

Quando havia completado 15 anos, ela conhecera Joca. Namoraram três anos. Ele ia e vinha do sertão para vê-la. Nesse período, trabalhou duro para comprar um pedaço de chão. Era o seu grande sonho: possuir um pedaço de terra que fosse só dele.

Mudaram-se para o sertão logo após o casamento. No ano seguinte, nasceu Cassiano; três anos depois, Casimiro. O lugar era bom. A terra era fértil. E um riacho que corria por trás da casa era a garantia para as temporadas de pouca chuva. O mesmo riacho marcava a divisa com a fazenda de seu Domingos.

No terreno havia uma casinha. Joca fez melhorias. Construiu uma barragem, um tanque. Mas, acima de tudo, era da terra que ele cuidava com carinho. Revolvia, adubava, a preparava para o momento certo de plantar as sementes. E a terra costumava responder aos cuidados com generosidade. Até o ano anterior, quando o inverno faltou, e a terra sentiu.

Sentado no alpendre do casarão, seu Domingos fumava um charuto enquanto contemplava a grande extensão da fazenda Boa Água. A falta de chuva começava a afetar seus negócios. O gado já não estava tão gordo, cabras e cavalos também emagreciam. Olhou para o céu que não prometia nada. O riacho começava a diminuir o leito que, em breve, não seria mais suficiente para atender às duas propriedades. Ele precisava convencer o vizinho a vender a terra, mas Joca era irredutível.

Estava assim, tão mergulhado em seus pensamentos, que nem notou a mulher que trabalhava em sua casa se aproximar com a bandeja de café. Foi necessário chamá-lo:

— O senhor quer café, seu Domingos?

De volta à realidade, ele bateu as cinzas do charuto no chão e respondeu que sim.

Três meses após o dia de São José, ninguém acreditava que ainda teriam inverno aquele ano. Joca olhava a terra esturricada com desolação. Para garantir o sustento da família, arranjou um emprego como ajudante de pedreiro na cidade vizinha. Seu Domingos parecia ter desistido de comprar sua terra depois daquela última conversa que os dois tiveram no alpendre da fazenda Boa Água:

— Boa tarde. O senhor me chamou, seu Domingos?

— Boa tarde — respondeu seu Domingos, puxando uma cadeira para que Joca se sentasse. Antes de falar, o coronel ainda lhe fez um sinal para que esperasse um pouco e gritou para dentro da casa: — Conceição, traga alguma coisa pra gente beliscar antes do almoço, faça o favor.

O agricultor, constrangido com aquela situação, só desejava acabar logo com a conversa.

— Seu Domingos, não quero desfazer da sua hospitalidade, mas já digo de saída que não vou vender minha terra — explicou Joca, indo direto ao ponto.

— Trabalhei muito, juntei cada tostão que ganhei para ser dono do que é meu.

— Compreendo, compreendo, Joca. Mas o caso aqui é diferente. Não se trata de uma simples proposta de compra e venda. A água está ficando escassa e, se houver mais um ano de seca, tanto eu quanto você ficaremos sem nada. Posso mandar o gado para uma temporada na serra, mas é um recurso que me sai caro, perco cabeças na viagem, é sempre arriscado.

Naquele momento, Conceição entrou com a bandeja de aperitivos e cumprimentou Joca.

— Como eu ia dizendo, o gado precisa de água para o pasto. Do contrário vai morrer. Já no seu caso, com o valor que pretendo pagar, você pode comprar um terreno na serra...

— Aí é que o senhor se engana, seu Domingos. A terra também sofre e morre por falta d'água. O risco que corre o seu gado, corre também o meu chão.

As palavras de Joca permaneceram durante muito tempo na mente de seu Domingos. Sem alternativa, ele avisou a mulher para chamar Inácio, o boiadeiro.

— Diga, dona Cândida.

— Inácio, seu Domingos quer que você leve o gado para a serra. Não dá para esperar mais...

— É verdade, dona Cândida. O gado tá ficando mirrado.

Foi quando o coronel entrou na cozinha e completou:

— Inácio, chame três homens dispostos e de confiança para lhe acompanhar. São dois dias de viagem, como você bem sabe. Quero que partam nesta madrugada, mais precisamente às três da manhã, nenhum minuto depois. Estamos em lua cheia, aproveitem a noite clara e as horas frescas. Amanhã, quando o sol esquentar, vocês estarão perto de Pedras Altas. Acertei com o compadre Joaquim: será a parada para descansar e alimentar os animais. Continuem quando o sol começar a baixar. A segunda parada será em Barro Branco, na fazenda do compadre Juvêncio. Antes da viagem, bata na minha janela. Quero ver a saída.

— Sim, senhor! Vou falar com os homens. Às três horas estaremos prontos.

Naquela noite, seu Domingos quase não dormiu. Quando os homens chegaram, ele já os esperava no alpendre. Inácio vestia o gibão e chapéu de couro. Na mão, levava uma bandeira vermelha.

A noite estava clara como o dia. A luz da Lua banhava de prata o alpendre, o jardim e as casas. Seu Domingos acompanhou os homens até o curral, a cavalo. Inácio apeou e abriu a cancela. Lentamente o gado começou a sair, sonolento, sem direção.

Teotônio e Lourenço atalhavam daqui e dali, juntando os bichos com habilidade. Rodrigues vinha no final da boiada, tocando as últimas cabeças. O proprietário permaneceu onde estava até que saísse a última rês.

Um galo cantou ao longe. Outros o imitaram. "O risco que corre o meu gado, corre também o meu chão", lembrou seu Domingos quando entrou no quarto onde Cândida dormia serenamente, após acompanhar a saída da boiada.

Joca estava infeliz com o trabalho na construção. Dias e meses passaram, e ele não se acostumava. Carminha andava preocupada com a tristeza do marido. Um dia, Joca chegou calado, como sempre, mas, em vez de se lavar e se sentar à mesa para comer, foi direto para o quarto. Quando a mulher viu o marido deitado, com o olhar fixo no teto, teve certeza de que havia algo muito errado.

– Joca, você está doente? Fala comigo, homem!

Carminha pediu a Cassiano que fosse buscar Conceição na fazenda Boa Água. Precisavam de ajuda, e a vizinha tinha sempre bons conselhos. Quando ela chegou, tentou de tudo para despertar Joca daquela imobilidade. Finalmente arriscou:

– Joca, sai dessa cama! Vai trabalhar na tua terra que seu Domingos anda dizendo que agora vai chover...

Desanimadas, as duas saíram do quarto. Inesperadamente, Joca passou por elas como um raio em direção ao terreiro e começou a gritar: "Chuva, chuva". Pulava com os braços para cima, olhando para o céu e rindo, eufórico, como se realmente estivesse tomando um banho de chuva.

O sol escaldava de tão quente. O suor escorria pelo rosto e pelos braços de Joca, abundante, ensopando-lhe a camisa. O homem correu para o roçado e caiu, com os braços abertos a abraçar a terra. As duas mulheres, ainda assustadas, conseguiram a muito custo levantá-lo e levá-lo para casa. Carminha limpou o rosto e os braços do marido, sujos de terra, com um pano úmido.

Ele ardia em febre. Estava exausto e não demorou a cair num sono profundo. Dormiu por quase dois dias seguidos e, quando acordou, não se lembrava de nada. De tão atordoado, nem sabia onde estava.

– Que dia é hoje?

– Sexta-feira.

– Por que não fui trabalhar?

Carminha contou que ele estivera doente e que ela tinha avisado ao mestre da construção. No dia seguinte, Joca ainda estava muito fraco, mas já conseguia andar pela casa. Aos poucos começou a se recuperar e, na semana seguinte, estava de volta ao trabalho.

À medida que se fortalecia, também vencia a apatia de antes da crise. Estava mais calmo e já não via as coisas com tanto pessimismo. Até já admitia a hipótese de, não havendo inverno no ano seguinte, vender sua terra.

Augusto, dono de um caminhão que transportava material para a construção e fazia pequenos fretes, de vez em quando trazia Joca em casa. Numa dessas vindas, Carminha não reconheceu de longe o casal que o motorista ajudava a descer da boleia. E mal acreditou em seus olhos quando enxergou seu pai e sua mãe.

Os três se uniram num longo abraço. Há quase três anos, não se viam. Carminha entrou com a mãe, enquanto seu pai e Joca descarregavam a bagagem. Dona Florinda trouxera frutas, rapadura, melaço, café torrado e biscoitos feitos por ela. Contou à filha que, ao chegar à cidade, Jacinto perguntara justamente para Augusto onde trabalhava o Joca.

Os avós se espantaram com o tamanho dos netos. À noite, no quintal, Joca preparou cigarrinhos de palha para ele e para o sogro, enquanto Carminha conversava com a mãe na cozinha.

A fazenda Boa Água também teve sua rotina interrompida. O Rodrigues foi quem trouxe a notícia. Apeou do cavalo e pediu para falar com o coronel.

Dona Cândida apareceu com o marido no alpendre.
– O que faz aqui, homem?
– Seu Domingos, foi a Duquesa!
– O que tem a Duquesa, homem de Deus? Fale logo!
– Morreu, seu Domingos. Foi picada de cobra.
Seu Domingos deu um murro na coluna do alpendre.
– Como foi acontecer uma coisa dessas justo com a minha melhor vaca leiteira? Acharam a cobra?
– Não, senhor. Mas o Inácio disse que ia procurar até encontrar.
– E o restante do gado, como está?
– O resto tá bem. Tá gordo. Tá limpo. Uma beleza. O perigo lá são as cobras.
– Conceição, serve um jantar para o Rodrigues, faz favor.
Domingos acendeu o charuto e permaneceu no alpendre o resto da noite. Estava triste e preocupado.

Carminha, por sua vez, estava muito feliz na companhia dos pais, mesmo com a seca que cada vez mais castigava o sertão. Na terra rachada, carcaças de animais davam à região a aparência de um cemitério a céu aberto. Mas nenhum mês foi tão quente quanto dezembro.

Do jeito que as coisas iam, nem o emprego de Joca na cidade estava garantido: a construção ameaçava parar por falta d'água. Era uma questão de dias, um mês, no máximo.

– Vão parar a construção. Teremos que ir embora daqui. Talvez morar um tempo com os seus pais.

– Eles disseram que podemos voltar todos juntos quando terminarem as aulas dos meninos – respondeu Carminha, dividida entre a tristeza do marido e alegria de voltar para a serra.

Joca já não precisava acordar cedo para trabalhar. Também não tinha pressa em ir dormir. Naquela noite soprava uma brisa suave, que acariciava seu rosto e seus cabelos. De repente, ele percebeu que sentia frio. Não se dera conta de que a aragem trouxera uma mudança na temperatura.

— Carminha, vem cá! Sei que está de noite, mas aquela mancha no céu é uma nuvem?

— Será, Joca? Parece que sim! — comemorou. — Você está gelado! Vamos entrar, eu fiz um café quentinho.

Foi assim, esperançosos, que Jacinto, Florinda, Carminha e Joca se reuniram na cozinha naquela madrugada. No dia seguinte, e nos outros que se seguiram, o sol continuou a brilhar com intensidade. Mas isso não abalava o otimismo daquela família.

Na semana que antecedia o Natal, o assunto continuava sendo a mudança do tempo. Domingos também alimentava esperanças de, em breve, trazer seu gado de volta. Jacinto e Florinda não podiam ficar mais tempo. Estavam fora de casa já há alguns meses e precisavam voltar. Os meninos nem podiam ouvir falar disso. Carminha também andava um pouco triste, tão acostumada estava com a presença dos pais.

Joca foi à cooperativa, apanhou uma boa quantidade de sementes e preparou a terra, o melhor que pôde, para recebê-las. Cassiano e Casimiro ajudavam o pai a plantar as sementes. Já acertara com Augusto a viagem de caminhão que levaria os sogros de volta.

O dia da viagem amanheceu nublado. O ar estava carregado e havia muitas nuvens. Os viajantes já estavam prontos, bagagem arrumada, quando o caminhão estacionou na frente da casa.

Assim que Augusto saiu da boleia, um clarão riscou o céu e um trovão reboou no espaço, assustando Pinga, que procurou um esconderijo. Depois, repetiram-se em sequência relâmpagos e trovões, praticamente emendando um no outro.

O motorista pegou as malas dos pais de Carminha, mas foi impedido de chegar ao caminhão por um forte aguaceiro que desabou.

Joca foi o primeiro a correr para fora de casa, sorrindo. Com o rosto e os braços voltados para as nuvens, gritava sem parar "Chuva! Chuva!", enquanto rodopiava e ensaiava passos de uma dança desconhecida. Depois, correu para o roçado e caiu de bruços, com os braços abertos envolvendo a terra.

Cassiano e Casimiro aderiram ao banho. Além deles, correram para a chuva Augusto, Carminha, Jacinto e Florinda. Até Pinga deixou o esconderijo e foi festejar, latindo atrás dos meninos.

De repente, um dos foliões parou de pular e levou a mão ao peito. Os demais só perceberam que havia algo errado quando Jacinto caiu por terra, fulminado por um infarto.

Ainda chovia quando o cortejo fúnebre chegou ao cemitério, no alto da colina.

– A natureza dá com uma mão e tira com a outra, não é, minha filha? Não fique triste, não. Tenho certeza de que, se seu pai pudesse escolher a hora de partir, escolheria um dia de felicidade como aquele. Ele se foi, mas veja: a chuva ficou para encher tudo de vida.

Esta obra foi composta nas fontes Weiss Std e EideticNeo,
sobre papel Pólen Bold 90 g/m², para a Editora Scipione.